O bebê de **Bridget Jones**
os diários

O bebê de Bridget Jones
os diários

Helen Fielding

TRADUÇÃO
Alexandre Boide

Copyright © 2016 by Helen Fielding

Baseado em colunas originalmente publicadas no jornal The Independent.
Com agradecimentos à Working Title Films e à Universal Pictures.

A Editora Paralela é uma divisão da Editora Schwarcz S.A.

Grafia atualizada segundo o Acordo Ortográfico da Língua Portuguesa de 1990, que entrou em vigor no Brasil em 2009.

Título original
Bridget Jones's Baby: The Diaries

Capa
Tamires Cordeiro

Imagem de capa
Oleksandr Yuhlchek/ Shutterstock

Projeto gráfico
Rita da Costa Aguiar

Preparação
Lígia Azevedo

Revisão
Renato Potenza Rodrigues e Larissa Lino Barbosa

Dados Internacionais de Catalogação na Publicação (CIP)
(Câmara Brasileira do Livro, SP, Brasil)

Fielding, Helen
 O bebê de Bridget Jones : os diários / Helen Fielding ; tradução Alexandre Boide. — 1ª ed. — São Paulo : Paralela, 2016.

Título original : Bridget Jones's: Baby : The Diaries

ISBN 978-85-8439-050-2

1. Jones, Bridget (Personagem fictício) — Ficção 2. Romance inglês I. Título.

16-07886 CDD-823

Índice para catálogo sistemático:
1. Romances : Literatura inglesa 823

[2016]
Todos os direitos desta edição reservados à
EDITORA SCHWARCZ S.A.
Rua Bandeira Paulista, 702, cj. 32
04532-002 – São Paulo – SP
Telefone: (11) 3707-3500
Fax: (11) 3707-3501
www.editoraparalela.com.br
atendimentoaoleitor@editoraparalela.com.br

Para Kevin, Dash e Romy

Sumário

INTRODUÇÃO, 9
PARTE 1: O presságio multifacetado, 13
PARTE 2: O batizado, 27
PARTE 3: Homens são como ônibus, 39
PARTE 4: Perimenopausa, 51
PARTE 5: De quem é?, 57
PARTE 6: Contando a verdade, 63
PARTE 7: Babaquice, 81
PARTE 8: Valores familiares, 97
PARTE 9: Caos e desordem, 109
PARTE 10: Colapso total, 131
PARTE 11: "Não", 143
PARTE 12: Fazendo limonada, 149
PARTE 13: Caindo na real, 155
PARTE 14: Reconciliação, 167
PARTE 15: Sua majestade salva o dia, ou quase isso, 175
PARTE 16: Gravidez psicológica, 181
PARTE 17: A chegada, 189
PARTE 18: Você apareceu!, 195
E ENFIM..., 199

Agradecimentos, 203

INTRODUÇÃO

Querido Billy,

Tenho a sensação de que algum dia você vai acabar descobrindo tudo, então é melhor que seja eu a contar.

Estes são trechos dos meus diários, escritos em uma época bastante confusa.

Por favor, não fique horrorizado. Espero que, quando estiver lendo isto, já tenha idade suficiente para entender que até seus pais passaram por esse tipo de coisa. E você sabe que nunca fui um exemplo de bom comportamento.

A verdade é que, assim como existe uma diferença entre como as pessoas pensam que deveriam ser e como de fato são, existe uma diferença entre como acham que deveriam viver e como de fato vivem.

Mas, mantendo a calma e o ânimo, as coisas costumam dar certo no fim das contas — assim como no meu caso, porque ter você foi a melhor coisa que já me aconteceu.

Desculpe por isso e todo o resto.
Com amor,
Mamãe
(Bridget)

PARTE 1

O presságio multifacetado

SÁBADO, 24 DE JUNHO

Meio-dia. Londres. Em casa Ai, Deus. Ai, Deus. Estou superatrasada, de ressaca e tudo está uma verdadeira... Eba! Telefone!

"Alô, querida, adivinha só!" Minha mãe. "Acabamos de voltar do brunch com karaokê de Mavis Enderbury. E Julie Enderbury acabou de..."

Quase deu para ouvir o som dos pneus cantando quando ela se interrompeu, como se estivesse prestes a falar sobre peso com alguém que tem obesidade mórbida.

"O que tem ela?", resmunguei, enfiando freneticamente as últimas fatias de queijo de cabra e uma barra de cereais na boca, para aliviar a ressaca, enquanto tentava achar algo apresentável para usar num batizado em meio à bagunça da cama.

"Nada, querida!", ela respondeu em um tom agudo.

"O que foi que aconteceu com Julie Enderbury?", insisti. "Colocou ainda mais silicone nos peitos? Arranjou um namorado brasileiro gostosão?"

"Ah, não é nada, querida. Ela acabou de ter o terceiro filho, mas não foi por isso que liguei..."

Grrr! Por que minha mãe SEMPRE faz isso? Como se já não fosse ruim o bastante estar passando da idade saudável para engravidar sem...

"Por que você está evitando o assunto do nascimento do terceiro filho de Julie Enderbury?", rugi, apertando loucamente os botões do controle remoto da TV em busca de alguma forma de escape, só para dar de cara com uma propaganda que mostrava uma modelo anoréxica e um bebê brincando com um rolo de papel higiênico.

"Imagine, querida", minha mãe respondeu em um tom leve. "Enfim, veja só a tal Angelina Jolie. Ela adotou aquele bebê chinês e..."

"Se está falando de Maddox, ele é cambojano, mãe", rebati com frieza. Nossa, do jeito como ela fala sobre celebridades alguém poderia imaginar que tinha acabado de conversar com Angelina Jolie no brunch com karaokê de Mavis Enderbury.

"A questão é que a Angelina adotou o bebezinho, fisgou o Brad e depois teve um monte de outros bebês."

"Não acho que tenha sido por isso que ela *fisgou* o Brad Pitt, mãe. Ter um bebê não é tudo na vida de uma mulher", respondi, me esforçando para entrar em um vestido pêssego absurdo e esvoaçante que usei pela última vez no casamento de Magda.

"É assim que se fala, querida. Muita gente tem uma vida maravilhosa mesmo sem filhos! Veja só Wynn e Ashley Green! Eles desceram o Nilo trinta e quatro vezes! Mas eles pelo menos eram um casal, então..."

"Na verdade, mãe, pela primeira vez na vida, estou muito feliz. Sou bem-sucedida, tenho um carro novo com GPS e estou livreeee", gritei, olhando pela janela, e deparei — bizarramente — com um grupo de grávidas acariciando a barriga enquanto andavam pela rua.

"Hummm. Enfim, querida. Você nunca vai adivinhar o que aconteceu."

"O que foi?"

Mais três grávidas apareceram, desgarradas da primeira leva. Aquilo estava começando a ficar esquisito.

"Ela aceitou! A rainha! Vamos contar com a presença real para comemorar o aniversário de mil e quinhentos anos da Ethelred Stone. Dia vinte e três de março!"

"Quê? Quem? Ethelred?"

Um verdadeiro batalhão de grávidas passava debaixo da minha janela.

"Você sabe. Aquela coisa perto do hidrante, onde o carro de Mavis foi multado. É anglo-saxão", minha mãe continuou tagarelando. "Enfim, você não deveria estar no batizado hoje? Elaine me disse que Mar..."

"Mãe. Tem uma coisa muito estranha acontecendo aqui", falei, com ar de mistério. "Preciso ir, tchau."

Grrr! Por que as pessoas sempre querem fazer a gente se sentir mal por não ter filhos? Honestamente, quase todo mundo tem suas dúvidas sobre o assunto, inclusive minha mãe, que vive dizendo que talvez preferisse não ter tido filhos. E, de qualquer forma, não é fácil jogar uma criança no mundo de hoje, com os homens se tornando criaturas cada vez mais primitivas. A última coisa que a gente quer é... Aargh! Campainha.

12h30 Era Shazzer — finalmente! Abri a porta do prédio pelo interfone, saí correndo, surtei, voltei para a janela. Enquanto isso ela foi batendo os saltos até a geladeira, usando um vestidinho preto nada apropriado para um batizado e sapatos Jimmy Choo.

"Bridge, anda LOGO, caralho. A gente está mais do que atrasada! O que está fazendo aí na janela vestida de fada?"

"É uma maldição", balbuciei. "Deus está me punindo por ser uma mulher egoísta que só pensa na carreira e renega a natureza com métodos contraceptivos."

"Que porra é essa?", ela perguntou aos risos, abrindo a geladeira. "Tem vinho?"

"Você não viu? A rua está cheia de grávidas. É um presságio multifacetado. Logo mais vacas vão começar a cair do céu, cavalos vão nascer com oito patas e..."

Shazzer foi até a janela e olhou para fora, com o bumbum arrebitado perfeitamente delineado pelo vestido preto.

"Não tem nada lá embaixo, a não ser um bonitão de barba. Que na verdade nem é bonitão. Não muito, pelo menos. Talvez sem a barba."

Corri para a janela e olhei para a rua deserta, confusa. "Elas sumiram. Foram embora. Mas para onde?"

"Certo, calma, calma, muita calma, calma", disse Shazzer, com a postura de uma policial americana que precisa lidar com o oitavo maluco armado do dia. Pisquei várias vezes, paralisada, e então saí correndo e desci as escadas, ouvindo o batucar dos saltos dela atrás de mim.

Rá!, pensei quando cheguei à rua. Lá estavam MAIS DUAS grávidas, caminhando apressadas na mesma direção.

"Quem são vocês?", confrontei as duas, cheia de coragem. "Por que estão aqui? Aonde estão indo?"

Elas apontaram para uma placa ao lado do café vegano fechado que dizia "IOGA PARA GRÁVIDAS".

Ouvi o risinho de deboche de Shazzer atrás de mim.

"Ah, sim, claro, legal", eu disse. "Tenham uma ótima tarde."

"Bridget, você é muito louca", disse Shaz. As duas caímos em uma gargalhada histérica na porta do prédio.

13h04. Meu carro. Londres "Tudo bem, a gente vai chegar a tempo", disse Shazzer.

Estávamos presas no trânsito da Cromwell Road, quatro minutos atrasadas para os drinques de antes do batizado na Chislewood House. Ainda bem que no meu carro novo dá para ligar para as pessoas por comando de voz, pedir indicações de caminho e mais um monte de coisas.

"Discar Magda", falei tranquilamente para o carro.

"Você disse 'Sky Garden'?", respondeu o carro.

"Não, sua imbecil", gritou Shazzer.

"Recalculando a rota para Forest Hill", disse o carro.

"Não, sua estúpida, idiota!", berrou Shazzer.

"Recalculando a rota para Studely Wallop."

"Não grita com o carro."

"Você vai defender essa porra de carro agora?"

"Ponha a calcinha. Ponha a CALCINHA." A voz de Magda de repente trovejou nos alto-falantes do carro. "Você não pode ir a um batizado sem calcinha."

"Mas estamos de calcinha", respondi, indignada.

"Fale por você", murmurou Shaz.

"Bridget! Onde é que você está? Você é a madrinha. A mamãe vai bater em você, ouviu?"

"Está tudo sob controle. Já estamos a caminho! Vamos chegar a qualquer minuto!", falei, dando uma olhadinha de soslaio para Shazzer.

"Ah, que bom, então andem logo, porque estamos precisando daqueles drinques. Por falar nisso, queria te contar uma coisa."

"O quê?", perguntei, aliviada por Magda não estar furiosa comigo. O dia estava saindo melhor que o esperado.

"Hã... é sobre o padrinho."

"Siiim?"

"Desculpa. A gente teve tantos filhos que esgotou todas as opções de homens com um mínimo de estabilidade na vida. Jeremy falou com ele sem me avisar."

"Com quem?"

Houve uma pausa, em que só deu para ouvir os gritos ao fundo. Então uma única palavra me atravessou como a faca de um chef francês faria com uma peça de queijo de cabra.

"Mark."

"Você está brincando?", perguntou Shazzer.

Silêncio.

"Não, sério mesmo, você está brincando, Magda?", ela repetiu. "Como assim, porra? Que história é essa, sua sádica do caralho? Você não vai colocar a Bridget no altar com Mark Darcy na frente de um bando de bem-casadas exibidas, presunçosas e..."

"Constance! Guarda isso. PÕE DE VOLTA NA PRIVADA! Desculpa, preciso ir!"

Magda desligou.

"Encosta o carro", disse Shaz. "A gente não vai. Pode dar meia-volta."

"Pegue o retorno", disse o carro.

"Magda está tão desesperada para prender Jeremy que

precisou ter mais um bebê 'não planejado', mas se ela não tem mais ninguém decente para chamar para ser padrinho, isso não significa que você precisa brincar de papai e mamãe no altar com o careta do seu ex-namorado."

"Mas eu tenho que ir. É uma obrigação. Tipo ir para o Afeganistão. Sou a madrinha."

"Bridget, não estamos falando do Exército, e sim de uma convenção social idiota e antiquada. Encosta o carro."

Tentei parar, mas as buzinadas histéricas dos outros carros me impediram. Finalmente, consegui encostar num posto de gasolina.

"Bridge." Shazzer me olhou e tirou uma mecha de cabelo do meu rosto. Por um momento, cheguei a pensar que fosse me beijar.

Porque os jovens de hoje nem se preocupam mais em definir se são gays ou hétero. Eles simplesmente SÃO. E é bem mais fácil lidar com mulheres que com homens. Por outro lado, gosto de transar com homens e nunca...

"Bridget!", exclamou Shazzer. "Você está viajando de novo. Chega de fazer sempre o que os outros querem. Pense em você. Vai transar. Se está condenada a viver nessa porra de pesadelo, pelo menos aproveite para dar uma trepada NO PESADELO. E é isso que eu vou fazer, não no pesadelo, no meu apartamento mesmo. Se você quer se colocar nessa situação COMPLETAMENTE INACEITÁVEL só para agradar os outros, então vou pegar um táxi. Prefiro passar a tarde amadrinhando um cara qualquer."

Só que Magda é minha amiga e sempre foi muito legal comigo. Então fui para o batizado pensando em como as coisas poderiam ter sido diferentes, sem ninguém com quem conversar a não ser meu carro novo, que para minha sorte estava bem tagarela.

Cinco anos antes...

Ainda não acredito que isso aconteceu. Não era minha intenção fazer nada de errado. Eu só estava tentando ser legal. Shazzer tem razão. É melhor ler alguma coisa, tipo *Por que os homens amam as mulheres poderosas*.

Mark e eu fizemos nossa festa de noivado no Claridge's Ballroom. Eu teria escolhido algo mais boêmio, com luzes coloridas, lustres de palha, sofás do lado de fora etc. Mas o Claridge é o tipo de lugar que Mark considera apropriado para esse tipo de evento, e relacionamentos são assim mesmo, a gente precisa se adaptar. E Mark, que não sabe cantar, *cantou*. Fez uma paródia de "My Funny Valentine".

Minha divertida namorada, doce e divertida namorada
Você derreteu meu coração de pedra no micro-ondas
Suas conversas nada eruditas
Sobre celulite e calorias
Cada defeito faz com que te ame mais
É obcecada por seu peso. Está sempre atrasada
Sua vida é uma bagunça
Mas não precisa ler Poe ou Proust
Pode continuar com suas revistas
Só quero seu afeto sincero
Não mude, só case comigo

Cantou muito mal mesmo, é verdade, mas como ele é sempre tão contido, todo mundo ficou emocionado. Mark não conseguiu se segurar e me beijou em público. Sinceramente, jamais pensei que pudesse ser tão feliz em toda minha vida.

Depois disso foi só ladeira abaixo.

RESOLUÇÕES PARA A VIDA PÓS-EPIFANIA ESPIRITUAL:
1) Não começar de novo a fumar e beber, porque já não bebo há onze dias e só fumei dois cigarros (não quero passar mais uma vez pelo que passei para consegui-los). Contudo, umas taças de vinho até que cairiam bem. É óbvio que preciso comemorar. Sim.
2) Não depender de homens, apenas de mim mesma. (A não ser que Mark Darcy queira voltar. Ah, Deus, espero que sim. Talvez ele se dê conta de que ainda me ama. Espero que esteja no aeroporto me esperando.)
3) Não me chatear com coisas pequenas, como peso, cabelo rebelde, ou quem Jude convidou para o casamento.
4) Não descartar conselhos de livros de autoajuda, poemas etc., mas limitá-los a ideias-chave, ou seja, otimismo sem fanatismo, perdoar (embora talvez não o Puto Jed, como agora será chamado).
5) Ser mais cuidadosa com os homens, pois são claramente — como o Puto Jed, para não falar de Daniel, prova — perigosos.
6) Não aceitar desaforo das pessoas, ou seja, de Richard Finch, e confiar mais em mim mesma.
7) Ser mais espiritualizada e me ater a esses princípios.

Se algum dia as coisas voltarem ao normal, vou manter distância de:

a) Karaokês
b) Daniel Cleaver (meu ex-namorado e antigo colega de faculdade de Mark Darcy, além de atual arqui-inimigo, responsável por arruinar seu primeiro casamento ao ser pego transando com a mulher de Mark em cima da mesa da cozinha de Mark num dia em que Mark chegou mais cedo do trabalho)

Eu estava passando meio cambaleante por uma das mesas depois de cantar "I Will Always Love You" quando vi Daniel Cleaver me olhando com uma expressão atormentada e trágica.

Daniel pode ser bem manipulador, infiel, mentiroso e muito grosseiro, além de perder o controle quando se trata de sexo, e é claro que Mark o odeia, por causa de tudo o que aconteceu no passado, mas ainda assim tem alguma coisa nele que me atrai.

"Jones", disse Daniel. "Preciso da sua ajuda. Estou sendo consumido pelo arrependimento. Você é a única criatura no mundo que poderia me salvar, e agora vai casar com outro. Estou despedaçado. A gente pode trocar umas palavrinhas a sós, Jones, por favor?"

"Sssssim, zuzo bem, Danziel, claro", balbuciei, confusa. "Ssssó quero que todo mundo sssseja tão felizzz quanto eu." Talvez eu estivesse um pouquinho bêbada.

Daniel me pegou pelo braço e começou a me puxar para algum lugar.

"Estou sofrendo, Jones. Estou atormentado."

"Não. Essscuta aqui. Acho de verdade que... que a felicidade é tããããão..."

"Vem comigo, Jones, por favor. Preciso conversar com você a sós...", disse Daniel, me levando com passos trôpegos para uma salinha ao lado. "Minha vida está mesmo condenada?"

"Não!", eu falei. "Não! Daniel! Você VAI ser feliiizzz! Com certeeezzza!"

"Me abraça, Jones", ele pediu. "Acho que nunca mais vou..."

"Essscuta aqui. A felicidade é felizzz porque...", fui interrompida quando nós dois nos desequilibramos e caímos no chão.

"Jones", ele grunhiu, parecendo cheio de tesão. "Me deixa dar uma última olhada na calcinha de vovó que eu tanto adoro. Posso ter um momento de felicidade antes que tudo desmorone de vez?"

A porta se abriu de repente e, horrorizada, vi o rosto de

Mark bem no momento em que Daniel estava levantando minha saia. Vi uma pontada de dor nos olhos castanhos dele, e em seguida frieza total.

Essa era a única coisa que Mark não conseguiria perdoar. Fomos embora da festa juntos, como se nada tivesse acontecido. Durante semanas tentamos seguir em frente, fingindo para os outros que estava tudo bem, mas sem conseguir fingir um para o outro.

Sabe, sou formada em inglês e literatura inglesa na Universidade Bangor, e a situação toda me lembrou de uma frase da obra maravilhosa de D. H. Lawrence:

Alguma coisa em sua alma orgulhosa e honrada se cristalizou, firme como uma rocha, contra ele.

Alguma coisa na alma orgulhosa e honrada de Mark se cristalizou contra mim. "Qual é o problema com esse cara? Foi uma coisinha à toa, nada que se compare a um compromisso para a vida toda. Ele sabe como Daniel é", disseram minhas amigas. Mas, para Mark, era muito. Eu não conseguia entender, e ele não conseguia explicar. Foi a gota d'água. Mark acabou me dizendo que não podia seguir em frente. Ele se desculpou pelo inconveniente, pela decepção etc., e se encarregou de dar a notícia para nossos amigos e familiares de forma digna. Pouco depois, aceitou um emprego na Califórnia. Eu ainda tinha meu apartamento.

Minhas amigas foram ótimas. "Ele é um puta de um careta que tem a cabeça bagunçada por ter estudado em colégio interno. Nunca vai conseguir assumir um compromisso com ninguém". Seis meses depois, se casou com Natasha, a lambisgoia metida com quem estava na primeira vez que o vi de terno — no lançamento de *A motocicleta de Kafka*, onde ela ficou tagarelando com Salman Rushdie sobre hierarquias culturais, enquanto a única coisa em que consegui pensar para dizer foi: "Você sabe onde fica o banheiro?".

Daniel nunca mais me procurou. "FODA-SE. Ele é um maníaco sexual que morre de medo de compromisso. Nunca vai se acertar com ninguém", esbravejou Shazzer. Sete meses depois, Daniel se casou com uma princesa/ modelo do Leste Europeu. Às vezes ele aparece nas páginas da *Hello*, apoiado no parapeito de um castelo com montanhas ao fundo, parecendo ligeiramente envergonhado.

E lá estava eu, cinco anos depois, dirigindo pela autoestrada M4, superatrasada, prestes a rever Mark pela primeira vez.

PARTE 2

O batizado

SÁBADO, 24 DE JUNHO

14h45. Estacionamento, Igreja Maldita Qualquer, Gloucestershire Certo. Está tudo bem. Estou só quinze minutos atrasada para o batizado, e nada nesta vida começa na hora, certo? Vai ser tudo muito tranquilo, calmo e digno. Se as coisas ficarem esquisitas, é só se perguntar: "O que o dalai-lama faria?". E fazer igual.

Quando desci do carro, dei de cara com uma paisagem bucólica nas colinas Cotswolds: igreja antiga, botões de rosa, cheiro de grama recém-cortada, árvores carregadas de folhas. Fora o barulho dos passarinhos e das abelhas, o silêncio era total. Era uma visão que só na Inglaterra é possível, no único dia do ano em que o sol brilha forte e todo mundo entra em pânico porque isso só vai se repetir dali a trezentos e sessenta e cinco dias.

Comecei a andar na direção da igreja, um pouco alarmada por não ver ninguém. Eles não começariam o batizado sem a madrinha, né? De repente, ouvi o barulho de um helicóptero. Fiquei parada, o vestido e os cabelos sacudindo ao vento, vendo o helicóptero pousar. Antes que a aeronave tocasse o chão, no maior estilo James Bond, Mark Darcy saltou e saiu andando na direção da igreja, enquanto o helicóptero se afastava ruidosamente.

Tentando me manter tão composta quanto possível para alguém de salto alto na grama, consegui chegar à igreja só um pouco atrasada. Eu dizia a mim mesma que ia ficar tudo bem, porque estava de volta ao meu peso normal e todo mundo ia ver como minha vida estava nos eixos. Senti um frio familiar na barriga ao ver a figura magra e alinhada de Mark no altar. Enquanto caminhava pela nave da igreja, ouvi claramente Cosmo dizer: "Ela está doente? Parece um graveto! O que aconteceu com... sabe como é... os peitos dela?".

Quando me aproximei do altar, o vigário falou: "Certo! Será que agora podemos começar?". Depois, acrescentou baixinho: "Ainda tenho mais três pesadelos como este hoje".

"Bridget, onde é que você estava, porra? E cadê a Shazzer?", sussurrou Magda. Sua mais recente criança a ser batizada, Molly, começou a berrar. "Aqui... Ela é toda sua." Magda me entregou a bebê, que estava com um cheirinho gostoso de talco e leite. Para minha alegria, ela se aninhou nos meus peitos — o que prova que eles ainda ESTÃO AQUI — e parou de chorar.

Mark mal piscou ao me ver.

Tudo correu muito bem. Eu tinha tudo sob controle, já tinha ido a muitos batizados. Assim que acabou, no entanto, em vez de sair com todo mundo, Mark simplesmente desapareceu.

Quando cheguei à festa, dei de cara com um grupo de mães exibidas.

"Essas babás australianas só sabem ficar no celular."

"Arrume uma do Leste Europeu! Audrona é formada em engenharia aeronáutica na Universidade de Budapeste."

"Ah, vejam só, é a Bridget!", comentou Mufti. "A madrinha favorita de todo mundo!"

"São quantos afilhados agora?", perguntou Caroline, acariciando a barriga de grávida.

"Quatrocentos e trinta e sete", respondi, sem perder o bom humor. "Trinta e oito, contando com essa! Ah, vou ver onde..."

"Você deveria pensar em ter o seu, sabe?", disse Woney. "O tempo não para."

Por um instante, me imaginei agarrando Woney pelas orelhas e berrando: "Você pensa que eu *não sei*?". Só não fiz isso porque não queria magoar os sentimentos dela, motivo que ironicamente já tinha me segurado inúmeras vezes na última década.

"Quer sentir o bebê?", ofereceu Caroline, acariciando a própria barriga.

"Não, obrigada."

"Ah, vai. Só um pouquinho."

"Não, eu preciso encontrar..."

"Põe a mão aqui logo", ela falou, com uma ferocidade assustadora. "Ah, ela está chutando!"

"E dá para entender por quê!", Magda entrou na conversa. "Deixem a Bridget em paz, suas parideiras dos infernos. O que vocês mais queriam era trabalhar e transar com deuses do sexo como ela faz. Vamos pegar uma bebida, Bridge."

Magda me afastou das torturadoras, mas de repente deteve o passo. "Jeremy está falando com aquela mulher de novo", murmurou, pálida.

"Minha nossa, Magda. Ele ainda está nessa?", perguntei.

"Sim. É melhor eu ir até lá. O bar é ali. Tchauzinho."

No caminho até o bar, dei de cara com um grupo de papais bêbados.

"Para entrar na Westminster aos seis é preciso começar com aulas particulares aos três."

"Afe. Mas dá para tentar de novo aos onze."

"Sem chance."

"Só se souber latim."

"Bridget! Você está doente? Onde foram parar aqueles peitões?"

"Arrumou um namorado?"

Consegui seguir meu caminho sem maiores incidentes simplesmente balançando a cabeça e sorrindo de forma enigmática. Achei que o pior já tinha passado quando encostei no balcão, mas aí me vi cara a cara com Mark Darcy.

A conversa se deu desta maneira:

MARK DARCY: Oi.
EU: Oi.
MARK DARCY: Tudo bem?
EU (com uma voz estranha): Tudo, obrigada. E com você?

MARK DARCY: Tudo bem.
EU: Comigo também.
MARK DARCY: Que bom.
EU: É.
MARK DARCY: Que bom.
EU: É.
MARK DARCY: Então tchau.
EU: É, tchau.

Então nos dirigimos a garçons diferentes.
"Uma taça de vinho branco, por favor", falei.
"Um martíni", ouvi Mark dizer.
"Uma taça bem brande."
"Uma dose tripla, por favor."
"A maior que tiver."
"E uma de uísque."
Ficamos de costas um para o outro, da maneira mais constrangedora possível. Então os papais bêbados viram Mark.
"Darcyyyyyyy! Como vai você, seu tratante? Que história é essa de chegar de helicóptero?"
"Bom, é que eu tinha, hã, uma reunião importantíssima no Ministério das Relações Exteriores."
O garçom me entregou o vinho. Dei um gole bem grande e me preparei para a fuga.
"Como anda a vida de solteiro, hein, Darcy?", perguntou Cosmo.
Senti o sangue gelar. Vida de solteiro?
"Sempre foi o maior come-quieto, hein? Já arrumou alguém?"
"Bom, eu não diria que...", começou Mark.
"Qual é o seu problema, seu velho ranzinza? Johnny Forrester mal saiu da sala da audiência do divórcio e já estava cercado de mulheres. O cara saía toda noite."
Dei mais uma golada no vinho, bem no momento em que

Mark respondeu: "Bom, pelo jeito você não faz ideia do que significa ser solteiro a essa altura da vida. Em todo lugar tem alguém tentando me empurrar uma pobre mulher de certa idade que espera que o príncipe encantado apareça em um cavalo branco para resolver todos os seus problemas: financeiros, físicos e outros. É isso. Enfim, eu preciso ir. Tchau."

Fui cambaleando até um canto e encostei na parede, com a cabeça girando a mil. Solteiro? Mark se separou de Natasha? E ele estava falando de MIM quando mencionou "uma pobre mulher de certa idade"??? Será que acha que o batizado foi uma armadilha? Ele PRECISA IR EMBORA? Eu estava indignada, muito confusa e prestes a mandar uma mensagem de texto para Shazzer quando Magda apareceu, parecendo bem bêbada. "Bridget!", ela falou. "Mark se separou. Largou a anoréxica."

"Acabei de ficar sabendo."

"Vamos lá para fora conversar sobre isso *imediatamente*."

Quando nos afastamos do bar, os papais bêbados continuavam a todo vapor.

"E a Bridget? Nunca entendi por que não deu certo."

"Eles ficaram bastante tempo juntos."

"Será que ela estava velha demais ou ele que não dava mais no couro?"

Havia um monte de crianças no jardim, nenhuma delas subindo em árvores, apostando corrida, brincando de pega-pega ou qualquer coisa parecida: estavam todas grudadas em seus tablets. Magda foi com tudo para cima delas: "Zac! Desliga! Agora! Eu disse quarenta e cinco minutos".

"Mas eu AINDA NÃO TERMINEI ESSE NÍÍÍÍÍÍÍVEL!"

"Desliga! Agora! Vocês também!", ela gritou, avançando ebriamente sobre os dispositivos.

"Não é justo!"

"Vou perder minhas COROAS!"

"NÃO ESTOU NEM AÍ PARA AS SUAS COROAS... ME DÁ ESSE NEGÓCIO!"

O caos se estabeleceu.

"SILÊNCIO!", rugiu uma voz. "Potter, Roebuck, parem! Fiquem em fila!"

Assustados, os meninos obedeceram, de certo acostumados a esse tipo de comando no colégio.

"Muito bem", disse Mark, andando de um lado para o outro na frente deles como se estivesse no pátio da escola. "Esse comportamento é inaceitável. Dez voltas em torno do lago, todos vocês. O primeiro a chegar", ele sacou o iPhone, "ganha dez minutos de Angry Birds. Podem começar a correr. RÁPIDO."

As crianças maiores dispararam como cavalos de corrida. As menores começaram a chorar.

Mark ficou sem jeito por um momento. "Certo. Muito bem", ele falou, e então voltou para dentro.

Archie, que tem três anos e é um dos meus muitos afilhados, estava de pé com a barriguinha empinada para a frente e um olhar triste, o lábio inferior tremendo. Dei um abraço nele, que agarrou meu pescoço e sem querer puxou meus cabelos.

"Meu tem", disse Archie.

"Seu o quê??", perguntei, levando a mão à cabeça. Ai, merda! Tinha um trenzinho de brinquedo, com o motor ainda ligado, se enroscando nos meus cabelos.

"Desculpa." Archie começou a chorar ainda mais. "É o Thomas."

"Está tudo bem, querido, não tem problema", eu falei, tentando desligar o trenzinho.

"Audrona!", gritou Magda. "Puta que pariu, onde as babás se enfiaram?"

As crianças mais velhas continuavam correndo ao redor do lago como se estivessem possuídas. Finalmente, as babás apareceram e levaram os menores. Os maiores voltaram, exaustos, mas não o suficiente para esquecer o iPhone de Mark. Foi difícil ver todos aqueles moleques aglomerados ao redor dele, que impunha respeito sem o menor esforço.

Minhas lembranças do restante do evento são um tanto confusas, em razão de um estoque de bebidas alcoólicas quase infinito. Acho que fizemos um trenzinho na pista de dança. E mais tarde um grupo de convidados, que incluía Mark, se reuniu no terraço, a maior parte deles se apoiando nas paredes para conseguir ficar de pé.
"Malditos eletrônicos", resmungou Magda. "Maldito Zac. Malditas crianças."
"Isso nunca aconteceria se ele tivesse ido para o colégio interno", disse Jeremy, com os olhos voltados para o bar, de onde *aquela mulher* estava de olho nele.
"Colégio interno? Ele tem sete anos, seu idiota", disse Magda.
"É. Seria crueeeel. Terrível", concordei.
"Eu fui para o colégio interno aos sete anos", interrompeu Mark.
"É, e olha só o que aconteceu com você", retrucou Magda.

Sentindo que tinha bebido um pouco além da conta e talvez acabasse caindo na fonte que havia ali, voltei para o térreo, quase fraturando o tornozelo no processo. Sentei em um banco com vista para o luar sobre o lago.
"'Cruel', é?", disse Mark atrás de mim.
"Sim, seria quase um abandono", falei, sentindo o coração disparar.
"Você não acha que um pouco de disciplina, rigidez e competitividade pode fazer bem para as crianças?"

"Bom, tudo bem se você for o macho alfa, grande, forte e bom em tudo que faz. Mas e os gordinhos, os confusos, os esquisitos? Aqueles que precisam ir para casa no fim do dia e encontrar as pessoas que os acham especiais?"

Mark se sentou ao meu lado.

"E que os amam como são?", ele perguntou.

Abaixei a cabeça, numa tentativa de me recompor.

"Tem um trem pendurado no seu cabelo", ele disse.

"Eu sei."

Mark ergueu a mão e o soltou com a maior facilidade.

"Tem mais alguma coisa aí. O que é isso? Bolo?"

Sempre gentil e eficiente. Tenho vontade de dar um beijo nele.

"Já faz um tempinho, não é?", Mark continuou.

"É. Quem é você mesmo?"

"Não faço ideia."

"Nem eu", respondi.

"Conheço você há quarenta anos e esqueci completamente seu nome."

Os dois rimos da piada interna.

Então Mark me encarou com aqueles olhos castanhos profundos e carregados de sentimento, e eu me perguntei o que o dalai-lama faria naquela situação.

Nós nos atracamos como dois animais, e continuamos fazendo isso pelo resto da noite no meu quarto de hotel.

DOMINGO, 25 DE JUNHO

Na manhã seguinte, ainda estávamos famintos um pelo outro, mas também — e principalmente — por comida. O serviço de quarto não atendia de jeito nenhum.

"Vou lá embaixo pegar alguma coisa", avisou Mark, abotoando a camisa. "Não ouse sair daí."

Quando ele deixou o quarto, ouvi uma voz masculina

cumprimentá-lo no corredor. A conversa continuou, ficando mais acalorada, e foi encerrada de forma abrupta. Estranho.

Deixei isso de lado e voltei a deitar. Fiquei saboreando preguiçosamente as lembranças da noite anterior e me preparando para a volta de Mark, ainda atordoada por todo o sexo.

A porta abriu e ele entrou com uma bandeja com suco de laranja, café e croissants de chocolate.

"Hummm, obrigada. Agora volta para a cama", falei.

Ele apoiou a bandeja e continuou de pé.

"O que foi?"

Mark começou a andar de um lado para o outro. "Cometi um erro", falou.

Minha mente entrou em parafuso: horror, maldição, sofrimento, eu toda vulnerável de camisola, ele de terno. Não assim. Tanta paixão e intimidade de repente substituídas por dor e rejeição. Não comigo de camisola.

"Não sei o que estava pensando. Me deixei levar pela emoção, fiquei feliz em ver você de novo. Bebi demais. Mas não podemos prosseguir."

"Prosseguir? É um jeito engraçado de falar de sexo."

"Bridget", ele disse, sentando na cama. "Não posso fazer isso. Acabei de me divorciar. Não estou em condições emocionais de assumir um papel na sua vida."

"Mas não pedi nada disso."

"Eu sei, mas essa questão vai estar sempre no ar, mesmo que não seja verbalizada. Na sua idade, eu... seria errado da minha parte... Não quero que desperdice sua última chance de ter filhos."

19h. Em casa Ai, Deus. Ai, Deus. Estou vencida em termos sexuais. Os homens não sentem mais atração por mim porque sou como uma fruta passada e desidratada.

19h01 Sou repulsiva. Emito raios espanta-homem.

19h02 Tudo bem. Argh! Não posso deixar que as questões emocionais atrapalhem minha carreira. Sou uma produtora profissional e vou simplesmente usar meu cérebro multitarefas para bloquear a lembrança de ter dormido com e depois ter sido rejeitada pelo amor da... Enfim, não quero mais saber de homem. Só de trabalho.

19h03 Chegar perto dos quarenta sem filhos é dificílimo para uma mulher. Essa questão biológica com certeza vai ser resolvida no futuro, mas por enquanto é uma tortura, o tique-taque do relógio começa a ficar cada vez mais alto, os homens sentem o pânico e saem correndo, e a gente tem a sensação de que o prazo está acabando. Mesmo se eu conhecer alguém AGORA, não vai dar tempo de um relacionamento evoluir como deveria para que um bebê chegasse como o desdobramento natural das coisas.

19h05 Bebês. Credo. Sou uma profissional bem-sucedida. Toda mulher tem *necessidades*, e eu supro as minhas com relações adultas, praticamente francesas de tão elegantes.

PARTE 3

Homens são como ônibus

SEGUNDA-FEIRA, 26 DE JUNHO

18h. Redação do *Sit Up Britain* "Sai dessa", disse Miranda. Ela estava sentada no estúdio, cercada de câmeras e telões, perfeita como sempre em sua cadeira de apresentadora, enquanto eu, na cabine de vidro suspensa, controlava a COISA TODA pelo ponto eletrônico.

"Trinta segundos para entrar no ar", avisou Julian, o gerente de produção.

"Não acredito que ele foi embora daquele jeito por achar que estou atrás de um relacionamento e de filhos", murmurei no ouvido dela. "Fiquei me sentindo ridícula."

"Do que você está falando?", disse Miranda enquanto o cara do som ajustava o microfone em sua camisa.

"Dez, nove, oito, sete", começou Julian, o gerente de produção.

"Isto aqui é o *Sit Up Britain*, não um drama vitoriano", disse Miranda. "Você transou com seu ex. E daí?"

Argh! Ela estava nas telas de todo o estúdio, e do país inteiro. "E, aliás, transar com o ex não conta", continuou, sem se dar conta.

"Desculpem, errei a contagem. Já estamos ao vivo", anunciou Julian, o gerente de produção.

BONG — começou a música dramática de noticiário, insinuando que a equipe do *Sit Up Britain* tinha se espalhado como formiguinhas pelo mundo em busca de notícias, e não passado a tarde falando sobre sexo com a bunda na cadeira.

"Bebedeira pesada!", disse Miranda, meio em pânico, mas logo assumindo um tom de âncora de noticiário. "Uma séria ameaça para nossas jovens ou uma inocente diversão?"

BONG. Apareceu um VT com um bando de garotas trançando as pernas ao sair de um pub.

"Você acha que é por causa da minha idade?", murmurei no ouvido de Miranda.

"Não, é porque ele é retardado emocionalmente!", respondeu Miranda, nas telas de todo o país outra vez. "Sir Anthony Hopkins..."

"... abrangendo ainda mais com seu repertório sempre abrangente", eu falei para ela, de improviso.

"... abrangendo ainda mais com seu repertório sempre abrangente", repetiu Miranda, olhando para a cadeira vazia onde Anthony Hopkins deveria estar.

"... chega ao auge de suas realizações como ator", terminei para ela, desesperada.

"... chega ao AUGE de suas realizações como ator", Miranda complementa, olhando para a câmera.

BONG.

"E, por fim, o que faz os homens virarem gays? Uma nova descoberta aponta para o ambiente uterino."

"'O que faz os babacas virarem babacas?' seria mais apropriado", disse Miranda, recostando na cadeira, imaginando que a vinheta já estava sendo exibida — e mais uma vez se enganando.

"Bridget! Miranda!" Richard Finch — meu chefe de longa data — entrou bufando na sala de controle. "Já falei para vocês não conversarem entre as porcarias dos bongs. Que zona! Cadê o Anthony Hopkins?"

Entrei em pânico. "Merda! Cadê? Cadê o Anthony Hopkins?" A vinheta estava acabando e nada dele.

"Põe o Anthony Hopkins na cadeira", esbravejei para Julian, o gerente de produção.

"E agora, em nossos estúdios, nosso convidado...", começou a anunciar Miranda, toda animada.

"Enrola, enrola", murmurei.

Foi quando vi Anthony Hopkins, de terno e com os cabelos grisalhos, circulando distraidamente pelo estúdio.

"Julian, ele está ali, na esquerda da tela, quer dizer, na direita, sei lá, atrás da cadeira."

"Cavaleiro real...", continuou Miranda.

"Põe o cara na cadeira. Põe a porra do Anthony Hopkins nessa cadeira agora!", gritei, como uma fêmea alfa furiosa falando com um taxista que pegou o caminho errado.

"Um tesouro nacional", Miranda tagarelava loucamente. "Vencedor do Oscar, canibal..."

O gerente de produção sentou Anthony Hopkins na cadeira enquanto o cara do som posicionava o microfone.

"Um tesouro nacional, é sempre bom repetir, um ator premiado. Sir Anthony..."

Aquele não era Anthony Hopkins.

"Hopkins! Sir Anthony!", exclamou Miranda, ainda que estivesse claramente diante da pessoa errada. "O papel de Hannibal Lecter continua perseguindo o senhor?"

"Na verdade, estou aqui para falar sobre a suposta existência de um gene gay que se desenvolve dentro do útero", respondeu o homem, enquanto Sir Anthony Hopkins se aproximava sorrateiramente por trás de Miranda, com sua famosa cara de Hannibal Lecter.

Mais tarde, assim que Miranda se sentou ao meu lado na sala de controle e disse "Minha nossa, com quem eu preciso trepar para arrumar um mojito por aqui?", Richard Finch abriu a porta e olhou feio para nós.

"Bridget! Miranda! Essa aqui é Peri Campos, a nova supervisora da rede". Ele apontou para uma mulher de salto alto logo atrás. "E esse é o pessoal da análise de organogramas, que veio observar nosso programa hoje." Um grupo de pessoas entrou na salinha.

"Eles vão ficar aqui por quatro semanas, para ver a forma mais eficiente de fazer cortes na equipe", acrescentou Peri Campus, que era bem jovem e usava uma espécie de roupa de dominatrix de alta costura, cercada por caras com barba e coque samurai. "Ajustes", ela continuou. "Adoro essa palavra. Me deixa com água na boca."

19h. Banheiro do Sit Up Britain Vou ser demitida e substituída por um bando de garotos com coque samurai.

19h03 Nunca mais vou fazer sexo. E, pior, a última transa foi por dó.

19h04 Sou como aquelas professoras solteironas que usam um monte de pó na cara, batom bem vermelho e se chamam srta. Sei-Lá-O-Quê, ainda que pareçam criaturas idosas de outro planeta. Eba! Telefone!

19h10 Era Tom. "Então, que horas você vem para o lance do Archer-Biro?"

Minha cabeça começou a girar.

"Bridget? BRIDGET?"

"Não posso ir", respondi em uma voz sinistra e sepulcral. "No lance do Archer-Biro."

"Porra, querida. Não pode continuar programando sua vida em função do Mark Darcy. Você é uma deusa do sexo superpoderosa e radiante, e ele é um corno chato e metido a besta. A gente se encontra no Skybar às sete e meia. Se anima, gata."

20h. Bankside Ballroom, sul de Londres Enquanto corríamos escada acima para chegar ao local do evento, Shazzer dava um chilique homérico.

"Cretinoooo!"

Houve um breve desentendimento com o jovem de vinte e poucos anos de terno preto que controlava o acesso. Shazzer precisou explicar que a preocupação dele sobre Tom estar ou não na lista era claramente uma questão de HOMOFOBIA, o que não ia pegar bem nas redes sociais etc. etc.

Apavorado, o jovenzinho fez um sinal para que entrássemos, mas Shazzer voltou a dar chilique enquanto subíamos os degraus.

"Como ele ousa trepar com você em um batizado e depois DESAPARECER? É um bêbado, um babaca emocionalmente travado e..."

"Cronicamente desapegado", acrescentou Tom, que estava trabalhando como (não ria) psicoterapeuta.

"Um canalha metido!", gritou Shazzer a plenos pulmões no momento em que entramos no salão e demos de cara com o establishment literário de Londres em peso, com taças de vinho e cumbucas com comidas estranhas nas mãos. As autoras indicadas ao prêmio, vindas de várias partes do mundo, já estavam posicionadas no palco. Dava para ver um turbante, um poncho e uma burca.

"Shhh!" A última fileira de literatos virou para trás horrorizada, e a mestra de cerimônias, com um vestido reluzente de entrega do Oscar, pegou o microfone.

"Senhoras e, não vamos esquecer, senhores!" Ela fez uma pausa para ouvir as — fraquíssimas — risadinhas. "Sejam bem-vindos à décima quinta gloriosa edição do Prêmio Archer-Biro de Ficção Feminina, concebido com um escopo amplo, mas fundamentalmente voltado à erradicação da chamada '*chick lit*'."

"Estou velha demais para isso", murmurei.

"Seu intuito é promover obras sérias, empoderadoras..."

Cheguei mais perto de Shazzer. "Ninguém nunca mais vai dormir comigo."

"Que sejam fortes, relevantes..."

"O caralho", disse Shazzer.

"Que sejam intuitivas, femininas..."

"Vamos arrumar alguém para transar com você hoje mesmo", falou Miranda.

"QUIETAS", sussurrou Jung Chan, que estava atacando o bar.

"Desculpa", murmurei.

Então uma mão agarrou minha bunda. Senti um frio na espinha. Quando virei, vi as costas de uma figura familiar adentrando a multidão.

"E agora, para apresentar o prêmio, eu gostaria de convidar ao palco o astro da TV, ex-diretor da Pergamon Press e — um passarinho me contou — ROMANCISTA Daniel Cleaver!"

Aaaaaaargh!

"O que ele está fazendo aqui?", perguntou Tom. "Pensei que estivesse na Transilvânia com a princesa Disney do Reino da Sonsolândia."

"Senhoras e senhores, Archer Biro", começou Daniel, todo tonificado e reluzente, como um político em campanha que acabou de fazer uma limpeza de pele. "É uma emoção tremenda estar diante de um grupo tão radiante de finalistas. É quase como subir no palco do concurso de Miss Mundo Alternativo."

Fiquei com vergonha alheia por ele, esperando pelas vaias de indignação, mas em vez disso recebeu risadinhas.

"Ai, ele não é uma graça?", comentou Pat Barker.

"Aliás, estou ansioso pelo desfile de trajes de banho", continuou Daniel.

Ouvi um coro de gargalhadas.

"Obviamente, precisei de mais tempo para aprender a pronunciar o nome das nossas queridas finalistas do que para ler suas obras de rara genialidade. O resultado, que tenho aqui neste envelope, foi pau a pau — algo com que as senhoras reunidas diante de mim talvez não estejam muito acostumadas."

As poderosas vozes literárias femininas se juntaram em uma risadinha.

"E agora, com as mãos trêmulas e com um agradecimento ao Trinity College de Cambridge por ter me fornecido rudimentos do idioma indo-europeu, anuncio que a vencedora é..." Daniel se complicou todo para abrir o envelope. "É como tentar abrir uma embalagem de camisinha... Ah! Vejam só, caros leitores e finalistas! É um empate... Entre Omaguli Qulawe, com *O som das lágrimas atemporais*, e Angela Binks, com *As lágrimas inaudíveis do tempo*."

Assim que os discursos de agradecimentos terminaram, Daniel se viu cercado por um mar de assessoras de imprensa jovens e lindas, e eu fui até o banheiro feminino me recuperar.

"Nem esquenta", disse Tom, quando pedi licença para sair da mesa. "É só esperar mais alguns anos e a balança vai pender para o lado feminino. Não dá para continuar sendo um babaca quando os cabelos caem e a barriga de cerveja começa a aparecer."

Surtei totalmente no banheiro, pensando que parecia ter cem anos de idade. Estava colocando camadas e camadas de maquiagem quando Tom enfiou a cabeça lá para dentro e disse: "Pare com isso, querida, ou vai sair daí parecendo a Barbara Cartland". Então saí do banheiro e voltei ao salão para encarar Daniel.

"Jones, sua criatura maravilhosa", ele gritou, todo empolgado. "Está ainda mais jovem e bonita do que quando nos vimos pela última vez. Quanto faz? Uns cinco anos? É sério, Jones, não sei se te peço em casamento ou se adoto você."

"Daniel!", cumprimentou Julian Barnes, se aproximando com seu sorriso de lábios finos.

"Julian! Conhece minha sobrinha, a jovem Bridget Jones?"

21h No banheiro de novo, retocando minha beleza jovial com mais um pouco de blush. A festa está ótima. Daniel é realmente charmoso, e não estou mais me sentindo velha.

Por outro lado, *acho* que a ideia por trás do Prêmio Archer-Biro era justamente que a opinião de um homem *não* deveria mudar o que pensamos sobre nós mesmas.

"Vai fundo, gata", disse Tom, me entregando uma bebida quando voltei para a festa. "Pega o cara de jeito dessa vez."

22h Daniel e eu saímos cambaleando, bêbados de tanto vinho, em meio ao fluxo de convidados que deixavam o evento.

"Então, o que aconteceu com a princesa?", perguntei.

"Ah, acabou, acabou. Uma pena, de verdade. Acho que eu seria um bom rei. Cruel, mas amado."

"Que coisa. O que deu errado?"

"A perfeição estragou tudo, Jones. Todas as noites, os mesmos cabelos lisos espalhados no travesseiro. Os mesmos traços belíssimos congelados na hora do êxtase. Era como se o ato sexual em si fosse uma atuação capturada digitalmente. Você, Jones, por outro lado, é como um pacote misterioso que chega na manhã de Natal, meio esquisito e amarrotado, mas..."

"... que te deixa curioso para ver o que tem por baixo da embalagem. Bom, obrigada, Daniel. Foi legal reencontrar você. Vou pegar um táxi."

"Foi um elogio, Jones. Além disso, não tem táxi nenhum aqui perto. Mesmo se tivesse, você teria que disputar com outros quinhentos gigantes barbados da literatura, e estou falando de homens e mulheres."

Tentei pedir um por telefone, mas a mensagem informou: "Todos os nossos carros estão ocupados, e o período de espera está excepcionalmente longo para sua localização".

"Escuta só", falou Daniel, "meu apartamento fica a três minutos daqui. Chamo um carro para você de lá. É o mínimo que posso fazer para ajudar."

Vi quando Annie Proulx e Pat Barker entraram no último táxi disponível, e Jung Chan se espremeu no banco de trás com elas.

22h30. Casa do Daniel Eu estava no conhecido abatedouro do Daniel com vista para o Tâmisa, deliberadamente decorado para garantir uma vida sexual ativa. Todas as empresas de táxis estavam com "períodos de espera excepcionalmente longos".

"Você viu Darcy desde que ele voltou?", perguntou Daniel, me oferecendo uma taça de champanhe. "Depois de um fracasso emocional ignominioso? Não chega a ser surpresa para um homem que se olha no espelho toda manhã e dá de cara com um completo estranho. Ele chorava depois do sexo? Ou antes? Ou durante? Esqueci."

"O.k., Daniel, já chega", disse, indignada. "Não vim até seu apartamento para ter uma conversa negativa sobre alguém que..."

De repente, Daniel me beijou. Meu Deus, como ele beija bem.

"Não, não, melhor não fazer isso", eu disse, sem muita convicção.

"Sim, sim, melhor fazer isso. Sabe do que as pessoas mais se arrependem quando estão à beira da morte? Não de não ter salvado o mundo ou se destacado na carreira, mas de não ter transado mais."

TERÇA-FEIRA, 27 DE JUNHO

20h. Em casa Estou olhando para a tela do telefone como uma psicopata. Nenhuma palavra deles ainda. Isso vai continuar pelo resto da minha vida? Vou me embebedar com Mark e Daniel enquanto jogamos dominó no asilo, depois ficar furiosa porque eles não me chamaram para jogar palavras cruzadas?

20h05 Não acredito que continuo me comportando assim depois do sexo — como se tivesse feito uma prova e estivesse esperando o resultado. Vou ligar para Shazzer.

20h15 "Sexo com ex não conta", ela decretou.
"Foi exatamente o que Miranda falou! Por quê?"
"Porque é uma relação que já está cagada."
"Então eu já sei que não passei na prova?"

20h30 Vou desistir dos homens. Vou me afastar deles de vez.

PARTE 4

Perimenopausa

Três meses depois...

DOMINGO, 17 DE SETEMBRO

22h. Em casa Está tudo uma merda. Quer dizer, eu não acredito que... Eba! Campainha!

23h Eram Shazzer, Tom e Miranda, aparecendo do nada no meu apartamento, completamente bêbados.
"Querida! Você está viva!", disse Tom.
"Porra, o que está acontecendo?", Shaz quis saber.
"Como assim?"
"Você não atendeu o telefone, não respondeu mensagens, e-mails, nada, o fim de semana inteiro. Virou uma excluída digital?"
"O que você está pesquisando no Google?"
Voei para cima dos meus amigos em uma tentativa de arrancar o laptop das mãos deles.
"Perimenopausa! Ela está pesquisando sobre perimenopausa há sete horas. E *se inscreveu* na newsletter do site caloresrepentinos.com."
"Em algumas mulheres, a perimenopausa pode começar aos trinta e cinco anos", argumentei. "No futuro, todas vão congelar os óvulos, se consolidar na carreira, descongelar alguns no micro-ondas e pronto, mas..."
"Por que você acha que está na perimenopausa?"
Fiquei só olhando para eles, sem jeito.
"Seu ciclo anda irregular?", perguntou Shazzer.
Fiz que sim com a cabeça, quase às lágrimas. "Minha menstruação não veio mais, e estou inchada. Olha só, precisei comprar uma calça um número maior."
Mostrei minha barriga, mas, em vez de demonstrarem sua compaixão, eles começaram a trocar olhares suspeitos.
"Hã, Bridget", começou Tom. "Bom, é só um palpite. Talvez meio absurdo, mas..."

"Você já fez um teste de gravidez, né?", perguntou Shazzer.
Fiquei atordoada. Como ela podia ser tão cruel?
"Eu já falei... estou na perimenopausa. Não posso ficar grávida. Não posso mais ter filhos."
Miranda parecia estar segurando o riso. "Lembra aquele lance que rolou no verão? Com Mark e Daniel? Vocês usaram camisinha, né?"
Aquilo era insuportável.
"Sim!", respondi, começando a ficar irritada. "Claro que sim." Peguei minha bolsa e mostrei o pacote. "Que nem essas."
O pacote foi passado de mão em mão como se fosse uma prova pericial de *CSI: Miami*.
"Bridget", disse Shazzer. "São camisinhas ecológicas e estão vencidas há dois anos."
"E daí?", rebati. "Essas datas de validade só existem para os fabricantes ganharem dinheiro em cima da gente. Não podem ser levadas ao pé da letra."
"O lance das camisinhas ecológicas é que elas são biodegradáveis, para não ir parar na barriga dos golfinhos", explicou Miranda.
"Escuta só", disse Shazzer, levantando e vestindo o casaco. "Vamos deixar de lado a porra dos golfinhos. É melhor achar a porra de uma farmácia vinte e quatro horas."
No carro, me senti como se estivesse rumando para o túmulo dos meus anos de fertilidade — passando pela árvore onde Daniel jogou minha calcinha depois da festa de Natal da Pergamon Press, pela esquina onde Mark e eu nos beijamos pela primeira vez no meio da neve e pela porta onde ele me disse: "Eu te amo como você é".

Quando voltamos ao apartamento, me tranquei no banheiro. Shazzer logo começou a socar a porta.

"Calma, demora alguns minutos", falei.

"E se ela estiver grávida dos dois? Tipo gêmeos?", Tom cochichou alto.

"Impossível", sussurrou Miranda com uma voz de bêbada. "O primeiro esperma bloqueia o outro ou coisa do tipo."

"E quando a pessoa tem um gêmeo branco e um negro?"

"São óvulos diferentes, mas o mesmo esperma."

Não era assim que eu imaginava que aconteceria. Pensei que estaria com o fiel e incontestável amor da minha vida em uma casa de campo reformada em Cotswolds, com chão de cimento bruto e tapetes rústicos, possivelmente decorada por Jade Jagger.

"Isso é absurdo. Uma mulher não pode ter óvulos brancos e negros", grunhiu Shazzer.

"E mestiços?", sugeriu Tom, no momento em que saí do banheiro.

"Olha só, ela está com o teste."

"Me dá isso aqui."

Shazzer e Tom voaram em cima do negócio, derrubando-o da minha mão. Observamos enquanto a coisa dava uma cambalhota no ar e aterrissava sobre o carpete. Havia uma linha azul inconfundível no quadradinho. Ficamos todos boquiabertos.

"Você está..."

"... meio que grávida", concluiu Tom.

"In-crí-vel", falou Miranda.

Não dava para acreditar.

Meus amigos continuavam conversando, mas eu já não escutava com muita clareza:

"Mas ela continua bebendo e fumando."

"Ai, meu Deus, é verdade... Deve ter matado o bebê."

"Já era."

"Ela não sabe nem quem é o pai."

"O que a gente faz?"

Mas nada disso fazia diferença. Para mim, era como ouvir o som de trombetas e harpas celestiais. As nuvens se abriam, o sol brilhava, os passarinhos cantavam radiantes. Eu ia ter um bebê.

PARTE 5

De quem é?

TERÇA-FEIRA, 26 DE SETEMBRO

9h. Consultório da ginecologista "Então, qual é a sua opinião? Em qual das duas vezes acha que eu engravidei?", perguntei, cheia de esperança.

"Minha opinião faz diferença?", rebateu a dra. Rawlings, uma mulher brava e sem um pingo de senso de humor.

"Sim! É um momento especial! Quero saber quando foi que aconteceu e guardar para sempre."

"Bom, não tenho como saber. Melhor guardar os dois momentos."

"Mas uma das datas deve ser mais provável que a outra, não?"

"Na verdade, uma parece um tanto cedo e a outra um tanto tarde. Tem certeza de que não houve outra 'ocasião memorável' entre elas?"

"Absoluta, obrigada pela preocupação", eu falei, toda comportada. "Então, qual das duas devo considerar?"

"Não faço ideia. São igualmente prováveis."

"Arrisca um palpite."

"Não."

"Finge que está apostando em um cavalo."

"Não."

"E o ultrassom?"

"Entre dez e treze semanas. Quero que faça quando estiver com treze."

"Aí vou saber a data da concepção?"

"Não. Ligue para esse número para marcar o exame", ela falou, levantando. "O pai vem junto da próxima vez, não?" Escutei claramente quando ela acrescentou em um sussurro: "Se você descobrir quem é".

"Só uma coisinha...", falei de repente.

"Siiim?"

"Caso uma pessoa tenha alguma dúvida a respeito da paternidade..."

"Ela precisaria de amostras de sangue, cabelo, unha..."
"Dentes?"
"Não, Bridget", a ginecologista falou, assustada. "Cabelo, unha, sangue, saliva... tudo isso é melhor que dentes."
"E se for preciso examinar o DNA do bebê?"
"Teria de ser feita uma amniocentese. O que é uma boa ideia, aliás, já que você é uma mãe geriátrica."
"MÃE GERIÁTRICA?"
"Sim. Depois dos trinta e seis anos tecnicamente qualquer mulher é uma mãe geriátrica."

QUINTA-FEIRA, 5 DE OUTUBRO

"Tenta ver pelo lado bom", Tom falou, enquanto ele, Shaz e Magda me acompanhavam na amniocentese. "Você vai ter licença-maternidade e pensão alimentícia."
"Isso é tão estressante!", Magda disse, ofegante. "Bridget, você não pode ter um bebê sem pai. *Um* pai."
"Está tudo bem, Magda, sério mesmo", respondi, de repente sentindo meu estômago se revirar.
"Querida, a gente pode fazer alguma coisa para ajudar?", perguntou Tom.
"Você pode me comprar uma batata recheada? Ah, e um croissant de chocolate. E bacon. Estou com medo. Não quero que enfiem uma agulha enorme em mim."
"Pois é, isso é totalmente desnecessário", disse Shaz. "Se você começar a se sentir atraída por toda gostosa que passa, é porque o bebê é do Daniel. Se começar a se reprimir o tempo todo, é porque é do Mark Darcy."

19h. Em casa Acabei de voltar do paraíso/quase pesadelo conhecido como amniocentese.
"O bebê está bem?", perguntei, enquanto a dra. Rawlings deslizava o aparelhinho do ultrassom pela minha barriga.

"Parece tudo perfeito. Não se preocupe, você não é a primeira mulher a não saber que estava grávida e continuar bebendo nos primeiros meses. Aqui, dê uma olhadinha."

Ela virou o monitor para mim, e então aconteceu. O amor bateu. Era só um borrão — com uma cabecinha redonda, como, como... um bebê. Uma pessoa em miniatura dentro de mim! Um nariz, mãozinhas fechadas perto da boca — a coisa mais linda que já vi.

"Muito bem!", disse a dra. Rawlings, virando para mim com uma agulha gigante. Era uma loucura. Tinha uns trinta centímetros de comprimento. "Antes tenho que dizer que existe certo risco de aborto na amniocentese, em especial na sua idade, mas pesando os benefícios..."

"Sai de perto de mim", gritei, pulando da maca. "O que está FAZENDO? Está maluca? Você vai MATAR meu bebê! Vai acabar com ele como Hamlet atacando de trás da cortina."

Para minha surpresa, eu me vi acariciando a barriga como uma das mães exibidas que estavam lá no batizado.

"Quer sentir minha barriga?", perguntei.

"Acabei de fazer isso, Bridget. Foi assim que conseguimos a imagem do bebê bonitinho, lembra? Então, vamos seguir em frente ou não?"

"Não, deixa para lá", respondi, já pegando minhas coisas. "Nada de riscos, nada de DNA. Você não vai chegar nem perto do meu bebê com essa agulha."

SÁBADO, 7 DE OUTUBRO

4824 calorias (mas estou grávida, então o mundo culinário é meu porto seguro. Embora deva manter distância dos frutos do mar, claro, que são tóxicos para o bebê), 3 torradas (fonte de potássio – ou seria de fibras?), 200 g de queijo (proteína), 3 talos de brócolis (alimento versátil, mas vomitei tudo depois, porque o bebê odeia brócolis), 3 batatas recheadas (o bebê adora, e os fetos têm um conhecimento instintivo daquilo de que precisam).

16h Acabei de voltar das compras para o bebê. Comprei um macacão pêssego lindo e uma bandana florida na ILoveGorgeous e coloquei na cama com cuidado, como se fosse uma bebezinha. Até pensei em comprar uma boneca para vestir e já ir treinando, mas seria bizarro demais, não? Estou animadíssima, mas ao mesmo tempo me sentindo preguiçosa, sonolenta e distraída, como se estivesse chapada. Ainda não posso contar para ninguém no trabalho. Nem para minha mãe. E preciso pensar na questão do pai. Sem dúvida alguma.

Mas antes vou aproveitar para curtir e desfrutar o momento. Vou ter um bebê!

PARTE 6

Contando a verdade

DOMINGO, 8 DE OUTUBRO

Meio-dia. Bar Electric, Portobello Road "Você precisa contar para eles, Bridge", disse Miranda.

Balancei a cabeça, enquanto bebia água tônica diet de canudinho. Apesar de estarmos no Electric, meu desejo de álcool desapareceu completamente. Só de pensar nisso já fico enjoada e zonza, como se estivesse de ressaca, o que é bem estranho.

"Bridget!"

"Quê?", falei, levando um susto.

"Você precisa contar para os pais."

"Ah, é, preciso mesmo", respondi. "E vou. A gente pode pedir mais batatinhas? Querem sentir a barriga?"

Todo mundo acariciou minha barriga e deu tapinhas de leve nela.

"Começa pelo Daniel", sugeriu Tom. "Como um treino."

"Manda uma mensagem para ele agora", disse Miranda.

"Ela não pode mandar uma mensagem para o cara do nada."

"Posso, sim. Posso fazer qualquer coisa. Tenho um bebê para cuidar."

Peguei o celular, toda corajosa, e digitei:

> Cleaver, é a Jones. Quero falar com você. A gente pode se ver esta semana?

Ele respondeu imediatamente:

> DANIEL CLEAVER
> Meio inesperado, Jones, mas por que não? Adoraria ver você. Sexta à noite? Posso te levar para jantar no meu carro novo.

Que coisa. Fácil assim? Será que me esforcei tanto para os caras não pensarem que gosto deles, para não parecer carente, que eles pensam que não gosto mesmo?

SEXTA-FEIRA, 13 DE OUTUBRO

19h. Carro do Daniel, sul de Londres "Gostou do carro, Jones?"

Enquanto atravessávamos em altíssima velocidade a ponte de Waterloo, procurei desesperadamente uma abertura para falar do bebê antes de chegar ao restaurante, para não correr o risco de um escândalo em público, mas Daniel estava obcecado por sua Mercedes nova.

"Parece um gatinho ronronando, mas é só pisar que ela voa!"

Daniel acelerou de repente, causando uma movimentação alarmante no meu estômago.

"Gostou do interior cinza-claro? Pensei em preto, ou até um vermelho bem sexy, mas achei que assim ficaria mais bonito."

Daniel escolheu o restaurante Nobu, na Park Lane, o tipo de lugar que os riquinhos frequentam, talvez até Brad e Angelina (nesse caso eu poderia ter esclarecido de uma vez por todas se ela o "fisgou" só por causa do Maddox).

Infelizmente, não havia nenhuma celebridade à vista. Me senti como se tivesse ido a um safári e descoberto que não havia leões ou tigres. Embora houvesse um cheiro de peixe inegável no ar.

O garçom nos levou até a mesa, e Daniel ainda não tinha me dado uma brecha para falar. Agora discorria sobre seu novo romance, *A poética do tempo*.

"Conceitualmente, é *A seta do tempo* ao contrário. Os personagens pensam que estão voltando ao passado, mas na verdade estão avançando para o futuro."

"Mas isso não significa que o tempo está passando normalmente?", questionei.

"É um romance conceitual, Jones. Existencial."

O que tinha acontecido com ele? Normalmente o único interesse de Daniel era descobrir que tipo de calcinha você usava nos tempos de escola.

"É, mas mesmo assim...", insisti, cautelosa, enquanto o garçom trazia os cardápios. "Não é meio na cara que eles não estão?"

No cardápio só tinha peixe, de variados tipos e preparados de diferentes formas: sushi, tempurá, peixes alimentados de colherinha com saquê por centenas de anos. Senti o bebê se sacudindo de repulsa.

"Não estão o quê, Jones?"

"Recuando no tempo. Tipo, as pessoas perceberiam na hora se estivessem. Os carros andariam para trás. Os peixes nadariam para trás", falei, sentindo um embrulho no estômago.

"Peixes?"

Como parte da minha recém-adquirida passividade induzida pela gravidez, deixei que Daniel fizesse o pedido e continuasse falando de seu livro do tempo-que-andava-para-trás-indo-para-frente-mesmo. Era muito estranho. Daniel parecia ter desenvolvido uma espécie de desejo ansioso de ser levado a sério. Talvez tivesse alguma coisa a ver com a idade. O carro também era isso! Eu ia me tornar mãe, e Daniel tinha se tornado um clichê.

"É um universo alternativo conceitual, Jones", ele continuou. "Não existem peixes em *A poética do tempo*."

"Bom, aí está uma coisa boa então!", falei, bem-humorada. Enquanto o garçom punha os pratos na mesa — todos com peixe —, senti que era hora de esquecer *A poética do tempo* e ir direto ao assunto.

"É uma nova realidade em que as pessoas questionam sua própria..."

"Certo, certo, parece muito... Então, Daniel, tem uma coisa que preciso falar..."

"Eu sei, eu sei, eu sei", ele disse, e fez uma pausa para efeito dramático. Em seguida retomou sua postura de sedutor, se inclinando para a frente e me encarando, com um ar sincero não muito convincente. "Eu fui terrível, Jones. Deveria ter ligado aos prantos para agradecer por nossa noite explosiva. Deveria ter mandado flores, presentinhos, chocolates em embalagens com nossos nomes e coraçõezinhos gravados. Mas minha cabeça está *totalmente* voltada para o livro: edição, revisão, lançamento. Você não imagina o peso que é ter um romance inteiro na mente e..."

"Desculpa."

"O que foi, Jones?"

"Você pode calar a boca um pouco? Essa conversa está um saco."

"Ah, você tem razão, Jones. Como sempre. Só para lembrar: que tipo de calcinha você usava nos tempos de escola?"

Senti meu estômago se revirar.

"Está tudo bem?"

"Acho que é o peixe. Será que posso pedir uma batata recheada?"

"Bom, a questão é que o Nobu é um restaurante japonês, e o forte deles não é batata recheada, torta de carne, rocambole, essas coisas. Você tem aí uma belíssima truta rosa com missô, marinada em algas e alimentada com saquê por quatrocentos anos. Agora seja uma boa menina e coma."

Precisei me esforçar tanto para manter a comida no estômago que, quando o manobrista me abriu a porta do carro de Daniel, cheirando a couro novinho, eu ainda não tinha contado sobre o bebê, que naquele momento se rebelava furiosamente contra a truta com missô dentro do meu corpo.

"Que noite agradável", murmurou Daniel, acionando alguma coisa no painel e ligando o motor com um rugido.

"Tem uma coisa que eu preciso..."
A truta com missô de repente começou a subir pela minha garganta.

"Dnl, ncst o crr", disse, levando a mão à boca, que começava a se encher de vômito.

"Acho que não entendi, Jones."

Mas era tarde demais.

"Deus do céu, o que está acontecendo? Que pesadelo, Jones. Você é o exorcista, por acaso?", Daniel gritou, em pânico, quando não pude mais segurar o vômito com a mão e ele vazou para o interior cinza-claro do carro.

23h. Em casa Desculpa, bebê. Vou compensar a mancada, prometo. Só fique aí dentro quietinho e seguro e deixe o resto comigo. Você vai se divertir demais... Acho melhor ligar para o vovô.

SÁBADO, 14 DE OUTUBRO

Clube do papai, Londres Foi ótimo ver meu pai. Contei tudo, e ele simplesmente me encarou com seus olhos sábios e compreensivos e me deu um abraço. Estávamos na biblioteca, em meio a livros antigos, mapas e globos, uma lareira escurecida de fuligem e poltronas de couro tão gastas que pareciam à beira do colapso total.

"Estou me sentindo uma prostituta viciada em drogas, ou uma daquelas mulheres que aparecem nos programas de barraco na TV e confessam que foram para a cama com o próprio neto", falei. "Quer pôr a mão?"

"Todos teríamos o que confessar num desses programas, meu amor", disse meu pai, fazendo um carinho no neto em estado embrionário através da minha barriga. "Eu mesmo não sei se você é minha filha ou de um vigário que fez estágio na nossa paróquia quarenta anos atrás."

Dei um pulo.

"Estou só brincando. Você não fez nada que noventa por cento das pessoas do mundo na sua posição não fariam."

Olhamos ao redor, para os membros envelhecidos do clube, que em sua maioria cochilavam silenciosamente nas poltronas de couro.

"Talvez oitenta e cinco por cento", sugeriu meu pai. "Escute só. Contar a verdade é quase sempre a melhor opção."

"Está me dizendo para contar para a mamãe?", perguntei, horrorizada.

"Bom, talvez para sua mãe ainda não. Mas conte a verdade para Mark e Daniel e veja no que dá."

DOMINGO, 15 DE OUTUBRO

14h. Em casa Sentada no chão, com as mãos trêmulas, digitei o número de Daniel, sentindo os olhos de Tom, Miranda e Shazzer cravados em mim.

"Siiim, Jones?", disse Daniel do outro lado da linha. "Espero que minha orelha não esteja prestes a receber um jato de..."

"Daniel, estou grávida de dezesseis semanas", falei de uma vez.

O telefone ficou mudo.

"Ele desligou na minha cara!"

"Babaca, babaca do caralho, babaca dos infernos, com chifre e tudo."

"Como é que existe um ser humano tão cretino a ponto de fazer isso?", perguntei, espumando de raiva. "Já chega. Não quero mais saber de homens. Eles são irresponsáveis, egoístas... Alguém quer pôr a mão na minha barriga?"

"Você precisa encontrar uma forma de externar toda essa raiva", comentou Tom com sua voz horrenda de terapeuta, acariciando minha barriga com gestos assustados, como se o bebê fosse pular para fora e vomitar em cima dele. "Que tal colocar no papel e depois queimar?"

"Certo", falei. Fui até a cozinha e peguei um bloquinho e uma caixa de fósforos.

"Não!", berrou Shazzer. "Melhor não mexer com fogo! Usa o celular."

"Tuuuudo bem."

Comecei a digitar.

"Daniel, você é egoísta, fútil..."

"Passa para cá, passa para cá", disse Shazzer, arrancando o celular da minha mão. Ela digitou "babaca e um escritor de quinta" e enviou.

"Era para gente QUEIMAR depois", eu falei, horrorizada.

"O quê? O telefone?"

"A ideia era Bridget expressar toda a raiva e depois enviar para o universo", explicou Tom. "Não para a pessoa a quem a raiva era direcionada e... Ei, acabou o vinho?"

"Ai, Deus. Ele pode ser o pai do meu bebê."

"Essstá zuzo bem", disse Tom, com uma voz bêbada e tranquilizadora. "Daniel precisava ouvir isso."

"Tom, cala a boca. Bridget, chega de ensaiar. Manda logo uma mensagem para o Mark", disse Miranda.

Foi o que eu fiz. Digitei simplesmente: "Preciso ver você". E, para meu espanto, ele topou me encontrar na mesma hora.

Eu me vi diante dos degraus da frente do sobrado alto com fachada de estuque de Mark em Holland Park, como já tinha feito antes em tantos momentos mundanos — tristes, felizes, sexuais, emocionais, triunfantes, desastrosos e dramáticos. A luz do escritório estava acesa: Mark estava trabalhando, como sempre. O que ele ia dizer? Ia me chamar de vadia bêbada? Ia ficar contente?

"Bridget!", disse uma voz no interfone. "Ainda está aí ou tocou a campainha e saiu correndo?"

"Estou aqui", respondi.

A porta se abriu alguns segundos depois. Mark estava ligado no modo advogado sexy: calça social, camisa um pouco desalinhada, mangas dobradas e o tradicional relógio.

"Entre", ele falou. Eu o segui até a cozinha. Estava como sempre: impecável, com armários cromados de portas idênticas, de modo que não dava para distinguir a lava-louça, a despensa e a lixeira.

"Então!", disse Mark, todo tenso. "Como anda a vida? Tudo bem no trabalho?"

"Sim. E no seu?"

"Ah, sim. Bom, está uma merda, na verdade." Ele abriu o meio sorriso conspiratório de que eu tanto gostava.

"Estou tentando tirar Hamza Farzad das garras do rei de Kutar."

"Ah."

Olhei para o jardim cheio de árvores, com as folhas mudando de cor e a cabeça a mil. A minha cabeça, não a das árvores. Árvores não têm cabeça, a não ser que você pense como o príncipe Charles ou esteja no romance de Daniel Cleaver. Meu futuro e o de Mark dependiam daqueles próximos bebês — quer dizer, momentos. Comecei a ensaiar o que ia dizer. Precisava ser sutil, ir chegando ao assunto aos poucos.

"Estou todo enrolado com o comércio internacional, obviamente", continuou Mark. "É sempre o mesmo problema com o Oriente Médio: infinitas camadas de subterfúgios, sutilezas, conflitos de interesses..."

"Posso interromper?"

"Sim?"

Houve uma pausa.

"O jardim está uma graça", comentei, por fim.
"Obrigado. Mas as folhas secas são um inferno."
"Devem ser."
"Sim."
"Pois é."
"Mark?"
"Sim, Bridget?"
Ai, Deus. Ai, Deus. Eu não estava conseguindo. Queria saborear aqueles últimos momentos em que as coisas ainda não tinham mudado.
"Você tem um castanheiro-da-índia?"
"Sim. Um castanheiro-da-índia, uma magnólia e..."
"E aquela, o que é?"
"Bridget!"
"Estou grávida."
O rosto dele se contorceu em uma confusão de sentimentos.
"Como assim, grávida? De quanto tempo?"
"Dezesseis semanas."
"O batizado?"
"Quer pôr a mão na minha barriga?"
"Quero." Ele o fez por um breve instante e em seguida falou: "Com licença".
Mark saiu. Eu o ouvi subir as escadas. O que ia fazer? Descer com a papelada do processo judicial?
A porta se abriu.
"É a notícia mais maravilhosa que já recebi na vida."
Mark se aproximou e me tomou nos braços. Seu cheiro familiar e seu toque reconfortante me dominaram.
"Parece que... É como se as nuvens escuras estivessem se dispersando."
Ele estendeu os braços, ainda me segurando, para então me olhar com ternura.
"Quando a infância de alguém foi... quando, de alguma

forma... Eu nunca acreditei que o amor pudesse se traduzir em uma vida em família. Que fosse possível criar um lar para receber uma criança, diferente..." — ele parecia um garotinho — "... diferente daquele em que fomos criados."

Fui eu que o abracei dessa vez, acariciando seus cabelos.

"E agora", Mark continuou, se desvencilhando do abraço e abrindo um raro sorriso, "em um momento de... paixão *inquestionável*, a decisão foi tomada por nós. Sou o homem mais feliz do mundo."

Alguém bateu na porta, e Fátima, a governanta de longa data, apareceu.

"Ah!", ela sorriu. "Srta. Jones! Você está de volta? Sr. Darcy, seu carro chegou."

"Ah, minha nossa. Esqueci completamente. Tenho um jantar na Ordem dos Advogados..."

"Tudo bem, não tem problema, você tem compromisso."

"Mas... posso dar uma carona."

"Eu vim de carro."

"Podemos nos encontrar amanhã à noite?"

"Sim."

19h. Em casa Isso é insuportável. Estou grávida, e Mark quer o bebê. Se eu não tivesse dormido com Daniel seria um conto de fadas perfeito, e a gente poderia ser muito feliz, mas... Ai, Deus. Mark e eu já nos descuidamos algumas vezes, então talvez eu esteja grávida de *Daniel*.

Malditas camisinhas ecológicas. Mas eu não estaria grávida se não quisesse impedir que golfinhos engolissem preservativos não biodegradáveis. Então na verdade eu deveria agradecer às camisinhas, mas seria bem melhor se o bebê ecológico pudesse me dizer quem é o pai.

É tudo culpa minha. Daniel é tão divertido e charmoso... É como se os dois fossem as metades de um homem perfeito, que passam a vida inteira tentando eliminar uma à outra. E agora tudo isso está pesando no meu estômago.

19h15 A privada é mesmo uma invenção maravilhosa. É incrível ter uma coisa como essa no banheiro, capaz de remover de forma limpa, tranquila e eficiente o vômito de casa. Ela merece muito amor. É fria e sólida, silenciosa e confiável. É sempre bom ter uma por perto. Talvez eu não esteja apaixonada por Mark, e sim pela privada. Eba, telefone! Pode ser Mark querendo saber como estou! Talvez ele me perdoe se eu contar a história inteira.

20h Era Tom. "Bridget, sou uma péssima pessoa?"
"Não! Você é uma ótima pessoa!"
O motivo da Neurose da Péssima Pessoa de Tom foi um encontro com um "conhecido" dele (ou seja, um cara com quem transou uma vez), Jesús, na fila da lanchonete da academia. Tom disse oi e aproveitou para pedir que Jesús comprasse uma vitamina para ele.

"Mas a ideia de furar fila me ocorreu antes de ir cumprimentar Jesús", explicou Tom, obcecado. "Então isso significa que eu sou uma dessas pessoas que, de forma fria e cínica, se aproveita dos outros. Tipo aqueles caras que vão ao banheiro quando chega a conta do bar."

"Mas tem uma coisa que você não está levando em conta, Tom", eu falei, contente por me distrair da minha situação de merda por um instante, mas sentindo que cedo ou tarde Tom ia se lembrar da minha situação de merda e se considerar uma péssima pessoa por ter se esquecido de perguntar a respeito. "Ir cumprimentar um amigo é uma coisa bacana, e tomar uma vitamina com Jesús é muito mais legal do que fingir que não o tinha visto e entrar no fim da fila."

"Mas depois eu deixei Jesús de lado e fui tomar a vitamina com Eduardo, porque ele é mais bonito. Está vendo? Sou uma péssima pessoa, né?"

Tentei pensar em alguma coisa para dizer que transformasse aquela minúscula gafe gay em um ato generoso, mas Tom não me deu tempo para isso.

"Tudo bem. Já entendi. Sou uma péssima pessoa. Tchau."

O telefone tocou de novo.

"Alô, querida, só liguei para saber o que você quer ganhar de Natal."

Minha mãe. Flertei com o perigo por um instante ao pensar em pedir um carrinho de bebê, mas sabia que na verdade ela havia ligado para falar de outra coisa.

"E, Bridget, você vem ao ensaio para a visita da rainha no dia vinte e oito? Mavis escreveu um discurso sobre valores familiares e *não para* de falar que não tenho netos, insinuando que não faço nada por Grafton Underwood, mas eu faço, não é mesmo, querida?"

"Claro que faz, mãe. Pense em toda aquela comida! No picles!", elogiei, começando a sentir enjoo só de pensar. "Na gemada! Nas tortas de framboesa!"

"Sim! No salmão! Todos aqueles salmões!"

Argh!

"Você é um dos bastiões de Grafton Underwood, mãe", falei. "Pode esfregar isso na cara de Mavis!"

("Esfregar na cara?" De onde veio essa agressividade?)

"Obrigada, querida. Ah, preciso ir! Deixei um tender com abacaxi no forno."

Eu estava me recuperando da última sessão de vômitos, abraçada à minha amada privada, quando o telefone tocou de novo.

Era Tom. "Esqueci de perguntar como foram as coisas com Mark. Está vendo? Sou mesmo uma péssima pessoa. Não mereço nem conversar com você. Tchau."

Fiquei olhando para o telefone por um instante, sem entender nada, mas então meus pensamentos se voltaram para o bebê, e decidi esquentar uma batata recheada no micro-ondas.

21h Pronto, bebezinho, aqui está: batata recheada.

Precisamos contar a verdade, né? Isso é uma das coisas que devemos sempre fazer. Mesmo que exija muita, muita coragem. Mesmo que não seja o que queremos.

SEGUNDA-FEIRA, 16 DE OUTUBRO

A casa de Mark inteira tinha virado um comitê de boas-vindas ao bebê, com flores, apetrechos e uma faixa pendurada na cozinha dizendo "PARABÉNS, BRIDGET".

Fátima apareceu com um sorrisão no rosto. Ela me abraçou e saiu do recinto com a discrição habitual.

"Você não deveria carregar peso", disse Mark, pegando minha bolsa. "Venha sentar e pôr os pés para cima."

Ele me colocou em uma banqueta e tentou apoiar meus pés no balcão. Demos risada.

"Olha só o que eu encontrei lá no sótão para ele. Eu adorava isso."

Havia uma pista antiga de autorama na sala de estar. Ri para segurar as lágrimas.

"O bebê pode não precisar disso POR ENQUANTO, mas..."

Mark foi até a geladeira. "Olha só o que tenho aqui!"

Havia dois pacotes de fraldas Huggies lá dentro.

"Sempre achei que esse fosse o lugar certo para guardar: o bumbum deve ficar bem fresquinho, não acha? Estou praticando. Você vai se mudar para cá, certo? Nós três vamos morar juntos. É como se tivéssemos recebido uma segunda chance na vida!"

As palavras do meu pai se repetiam nos meus ouvidos: *Contar a verdade é quase sempre a melhor opção.*

"Mark."

Ele ficou paralisado ao ouvir meu tom de voz.

"O quê? Qual é o problema, Bridget? É o bebê? Tem alguma coisa errada?"

"Não, não. O bebê está ótimo."

"Ah, graças a Deus."

"É que... tem uma pequena complicação."

"Certo, certo. Podemos encarar qualquer coisa juntos. O que é?"

"É que... eu fiquei tão chateada depois do batizado, quando você disse que não queria ficar comigo e desperdiçar meus anos de fertilidade..."

"Lamento muito. Acredite em mim, fiquei mal por causa disso, morrendo de vontade de ligar para você. Mas me deixei levar pelas palavras de Jeremy. Ele me viu no corredor quando saí para buscar o café da manhã e disse que era muito errado me envolver com você a essa altura da vida se não tivesse convicção de que queria assumir um compromisso. Naquele momento, logo depois de sair de um divórcio, não era isso que eu queria, então me senti moralmente obrigado a..."

Fechei os olhos. Por que sou tão insegura? Por que me afasto ao primeiro sinal de rejeição? Por que não penso que pode haver mais coisa envolvida além de eu ser velha demais, gorda demais ou burra demais?

"Eu me senti mal", ele falou, "como se estivesse fazendo alguma coisa errada, mas agora..."

"Aquilo me magoou mesmo."

"Desculpa, Bridget."

"Fiquei me sentindo tão velha, sabe, que depois..."

"Não, fui *eu* que fiquei me sentindo velho. Mas continue."

"Aquela árvore é um olmo?"

"Bridget."

"Dormi com Daniel Cleaver."

"No mesmo DIA?"

"Não, não. Alguns dias depois. Pensei que minha vida sexual estivesse acabada, e ele apareceu dizendo que eu parecia jovem, que não sabia se pedia para casar comigo ou se me adotava, e meus amigos disseram 'Pega ele de jeito', e aí..."

"Você usou proteção com... com... os dois?"

Mark estava abrindo e fechando as portas cromadas dos armários.

"Sim, mas eram... camisinhas ecológicas. Estavam vencidas e são biodegradáveis, por causa dos golfinhos."

Mark abriu mais uma porta e uma pilha enorme de bagunça caiu — papéis, fotografias, camisas velhas, lápis, folhetos. Ele enfiou tudo de volta e bateu a porta. Vi seus ombros tensos quando se virou de novo para mim.

"Não, quer dizer, sim, eu entendo. Não precisa se explicar."

Ele abriu outro armário, encontrou uma garrafa de uísque e serviu um copo.

"Você tem como descobrir? Bom, em termos técnicos, quem é o... o... o pai?", Mark perguntou, virando o uísque.

"Não sem arriscar a saúde do bebê."

"Mas obviamente..."

"Eu sei. Mas não quero correr esse risco. É uma agulha gigante. Uma coisa horrorosa."

Ele começou a andar de um lado para o outro, todo agitado. "Sim, sim, claro. Entendi. Agora está explicado por que, quando nós nos descuidamos..."

Ele se virou para mim recomposto, gelado.

"Imagino que você não queira chegar em casa muito tarde."

"Mark. Não fica assim. O bebê pode ser seu. Tem uma chance de cinquenta por cento, no mínimo."

"É muita gentileza sua dizer isso."

"Foi só uma coisa de momento, um impulso, uma decisão errada."

"Pois é, eu sei. Vejo isso acontecer todos os dias na minha vida profissional. É uma tragédia. A vida muda em um piscar de olhos. Não quero isso para mim."

"Desculpa, por favor."

"É a vida. Precisamos aceitar as coisas como elas são. Muito bem, então."

Não havia como conversar com ele naquele estado. Mark me acompanhou em silêncio até o carro, e eu chorei durante o caminho inteiro de volta para casa.

PARTE 7

Babaquice

QUARTA-FEIRA, 18 DE OUTUBRO

20h. Em casa "É isso, sou uma idiota. É tudo culpa minha. Ele nunca vai me perdoar."

"Hã, calma aí. Mark também tem uma parcela de culpa", rebateu Miranda.

"Ele dormiu com você depois se mandou na maior cara de pau, caralho", gritou Shaz.

"Foi o maior cuzão."

"Querida, você conhece bem a psicopatologia do Mark", argumentou Tom. "Ele se fecha. Fica emocionalmente inacessível ao menor sinal de rejeição. Mas vai superar isso."

"Acho que não", respondi. "É só pensar na nossa festa de noivado. Não acredito que fui tão..."

Uma notificação de mensagem de texto apareceu no meu celular.

BABACA DO DANIEL NÃO RESPONDER

(Eu tinha atualizado recentemente minha lista de contatos.)

Todo mundo teve um sobressalto e ficou olhando para o telefone como se contivesse uma mensagem de um deus egípcio libertado por um raio de sol da manhã que entrara por um pequeno buraco na parede da pirâmide e atingira um amuleto.

BABACA DO DANIEL NÃO RESPONDER
Desculpa ter desligado na sua cara naquele dia. Podemos nos ver?

E depois outra.

BABACA DO DANIEL NÃO RESPONDER
Vou usar galochas e uma capa impermeável, claro.

"NEM PENSE EM SE ENCONTRAR COM ELE", ordenou Miranda. "Ei, ssséério que acabou o vinho?"

"Não posso *não pensar em me encontrar com ele*. Daniel talvez seja o pai do meu..."

"Você tem que ir", concluiu Tom, pensativo.

"Mas NÃO durma com ele."

"Ela vai engravidar de novo."

"De *trigemos*", murmurou Shaz, enrolando a língua.

"Trigêmeos MESTIÇOS", grunhiu Miranda.

QUINTA FEIRA, 19 DE OUTUBRO

19h. Em casa Daniel apareceu no alto da escada com um buquê de flores moderninho, envolto em papel pardo e amarrado com um cordão de palha.

"Não precisa se preocupar, Jones. Vou cuidar de tudo."

"Ah, vai?", perguntei, desconfiada, permitindo que ele entrasse.

"Claro. Posso não ter sido perfeito no passado, mas agora a ficha caiu. Serei um perfeito cavalheiro."

"Tá", eu disse, um pouco mais animada, enquanto ele se acomodava no sofá com seu terno imaculado.

"Deus do céu, Jones, isso é chocolate?", ele falou, limpando algo em que tinha acabado de sentar.

"Opa, desculpa."

"Então, me diga onde quer fazer. Eu te acompanho e pago."

"QUÊ?"

"Você não vai ter o bebê, não é? Deus do céu, Jones, desculpa. Achei que, considerando a situação..."

"Já chega! Fora!", falei, empurrando Daniel na direção da porta. "Ah, na verdade preciso dizer uma coisinha antes. O bebê pode não ser seu."

"Como é?"

"O bebê pode não ser seu. Pode ser de Mark Darcy."

Daniel ficou em silêncio, digerindo a notícia, então piscou de leve e perguntou: "Quem foi o primeiro, ele ou eu?".

"Daniel! Isto aqui é muito mais importante que a rivalidade de vocês."

"Jones, Jones, Jones. Desculpa. Você tem razão." Ele voltou ao apartamento e soltou um suspiro dramático para mostrar que estava se recompondo.

"Quero fazer isso. Vou ficar ao seu lado, como um novo homem, que acompanha você no ultrassom ou no que quer que seja."

"Você não vai me acompanhar no ultrassom de jeito nenhum."

"Vou sim."

"Não vai não."

"Vou SIM."

"Não vai mesmo. Você vai sair com alguma modelo de dezoito anos e me dar o cano."

"Vou acompanhar você no ultrassom."

"Não acredito NEM UM POUCO em você."

"Mas deveria. Vou acompanhar você no ultrassom do meu filho, e ninguém pode me impedir. Muito bem, Jones, preciso ir. Eu vou... vou..."

"Sair com uma garota?"

"Não, não, não. Tenho uma reunião de trabalho. Me mande uma mensagem dizendo quando e onde vai ser e estarei lá de avental e luvas."

20h10 Fiquei sentada, olhando loucamente para o espaço vazio ao redor, com um olho fechado e o outro aberto. Era só efeito da rivalidade com Mark Darcy ou Daniel realmente quer ser pai?

Fiquei pensando na época em que namorávamos (ou seja, a época em que ele me fazia de palhaça), ao mesmo tempo em que Jude (hoje uma figurona do mercado financeiro de Nova

York) sofria nas mãos de Richard, o Vil, e Shazzer esbravejava a respeito de "babaquice emocional", o que, segundo ela, estava se espalhando como fogo em mato seco entre os homens de trinta e poucos anos.

20h20 Acabei de reler a anotação que fiz no meu diário naquela época:

> à medida que as mulheres vão passando dos vinte para os trinta, o equilíbrio de poder muda de repente. Até as mulheres mais seguras perdem as estribeiras, lutando contra os primeiros sinais de angústia existencial: medo de morrer sozinha e ser encontrada três semanas depois semidevorada por um pastor-alemão. [...]
>
> "Homens como Richard", concluiu Sharon, furiosa, "usam qualquer coisa para fugir do compromisso, para não enfrentar a maturidade, a honra e a evolução natural das coisas entre um homem e uma mulher."

É impossível definir o que Daniel acabou de falar como a evolução natural das coisas entre um homem e uma mulher.

Mas será verdade que até mesmo babacas como ele *querem* ter filhos? Será que são capazes de superar a babaquice e tomar essa decisão?

O mais estranho de tudo isso foi que desde que entrei na casa dos trinta sempre pensei que ter filhos fosse algo que a gente precisasse *forçar* os homens a fazer. Quase uma coisa que a gente precisava fingir *não* querer para segurar um homem, ou ele fugiria aos berros.

Talvez fosse essa a diferença entre as solteiras como eu, Miranda e Shazzer e as bem-casadas como Magda. As bem-casadas nunca demonstraram essa insegurança e ambivalência, fizeram uma escolha realista e uma espécie de tratado de comum acordo assim que possível: nunca cogitaram a hipótese de que um homem *não* quisesse ter filhos com elas.

20h30 Encorajada pela epifania, apesar de não saber exatamente o que ela significava, mandei uma mensagem para Mark.

BRIDGET JONES
Mark, entendo que é complicado, mas tenho um ultrassom no dia 23 às 17h. Se você quiser ir, vou ficar muito contente.

20h32 Olhando fixamente para o telefone apagado.

20h33 Nenhuma resposta do Mark.

20h34 Ainda sem resposta do Mark.

20h35 Mas e se ele responder que sim? O que faço com Daniel? E se se eu falar para Mark que Daniel quer ir e mesmo assim ele quiser ir também? E se eu não contar para Mark sobre Daniel achando que Daniel não vai aparecer e Daniel de fato aparecer?

20h45 Me dei conta de que já fantasiei muitas vezes a respeito de fazer um ultrassom acompanhada de Mark ou Daniel, só que nunca com os dois ao mesmo tempo.

21h Certo. Brócolis. A gente anda comendo muita batata recheada, e é melhor variar um pouco. Brócolis é um alimento versátil, pode cumprir o papel de mais de um grupo alimentar essencial. Como romã.

21h30 O bebê odeia brócolis. Vou comer uma batata recheada.

22h Ainda sem resposta do Mark.

SEXTA-FEIRA, 20 DE OUTUBRO

18h. Redação do Sit Up Britain Miranda disse para a câmera, com seu tom urgente de âncora de noticiário: "*Sit Up Britain*, as notícias de impacto que fazem você se borrar na poltrona!".

BONG.

"Eu acabei de dizer 'se borrar na poltrona'?", ela perguntou enquanto era exibida a abertura, que mostrava repórteres circulando ao redor do globo com expressão determinada.

"Sim", murmurei no ponto, olhando ao redor para confirmar se Peri Campos tinha visto.

"Era uma manchete impronunciável", disse Miranda, olhando para a câmera à espera de sua próxima entrada. "Então, o que eu estava dizendo era: que tipo de MONSTRO não responde a um convite para um ultrassom?"

"Vai ver ele está em reunião."

"Há QUATRO DIAS? Mark que vá à merda. E agora... *Fascinators*! São os novos brincos?"

BONG.

"Como assim, porra?", questionou Miranda. "Quem escreveu essa merda? Quem é que usa esse tipo de chapéu?"

"Foi a Peri Campos que escreveu", cochichei, enquanto eram exibidas fotos das cabeças de Camilla, Kate, da princesa Beatrice e de Eugenie adornadas com *fascinators*. "Com a ajuda dos jovenzinhos de coque samurai que dizem 'uou' e 'mano'."

"Eca", falou Miranda. "Vai com Daniel, mano."

"Mas a primeira reação dele foi querer se livrar do bebê."

"Pelo menos ele está entrando na linha agora, e é um tesão, mano. Os protestos no Magreb chegam à embaixada britânica."

BONG.

"Ai, meu Deus, Bridget! Olha essa vinheta." Uma multidão de túnica branca diante de um palácio cor de terra apareceu na tela. Depois de um close em pessoas gritando, abrindo caminho entre os manifestantes junto com Freddo, seu assistente superqualificado, estava Mark Darcy.

21h Em casa Estou me sentindo muito melhor agora que sei que existe um motivo para o silêncio do Mark. Li *O que esperar quando você está esperando* e *Precisamos de mais alimentos versáteis*. Fui fazer bolinhos salgados com brócolis. Encontrei a receita em um livro cheio de maneiras engenhosas de fazer as crianças comerem verduras e legumes. Havia uma de mousse de chocolate que na verdade era feita com abacate.

21h15 Merda, fui pegar um copo no armário e derrubei. Caiu um pedação na massa do bolinho, mas consegui tirar. Tudo sob controle agora.

22h Ainda sem nenhuma resposta do Mark. Pelo jeito vou ter que ir só com Daniel. Ou mais provavelmente sozinha. Eba, uma mensagem.

BABACA DO DANIEL NÃO RESPONDER
Não me esqueci do grande dia, Jones. Vejo você amanhã.

SEGUNDA-FEIRA, 23 DE OUTUBRO

16h. Consultório da dra. Rawlings "Ah! Esse é o pai?", perguntou a ginecologista, levantando as sobrancelhas para mim e para Daniel. "Que bom finalmente conhecer você. Certo, vamos começar?"

Ela levantou minha blusa e expôs minha barriga.

"Deus do céu, Jones", comentou Daniel. "Você parece uma jiboia que engoliu uma cabra."

"Espere um pouco!", disse a dra. Rawlings, interrompendo o movimento com o negócio do ultrassom em pleno ar e abrindo um sorriso incrédulo para Daniel. "Já ouvi sua voz. Você é da televisão, não é? Não fazia aquele programa de viagens?"

"Siiim, *The Smooth Guide*", murmurou Daniel.

A dra. Rawlings ficou toda risonha e soltinha.

"Daniel Cleaver! *The Smooth Guide*! Ah, eu *adorava* esse programa. Via toda semana. Morri de dar risada quando você rolou na lama com aquelas meninas na Tailândia."

"A gente pode se concentrar no bebê, por favor?", perguntei, pensando: *Será que não existe nenhuma área na vida que seja imune ao culto às celebridades?*

"Ai, nossa, vou contar para todo mundo", continuou a dra. Rawlings. "Você vai me dar um autógrafo, não é?" Ela pôs de lado o aparelho do exame e começou a procurar um papel. "Aqui! Um receituário! É perfeito! Escreva alguma coisa engraçada.

Vi um brilho aparecer nos olhos de Daniel. Ai, Deus. Ele ia desenhar um pinto ou coisa do tipo?

"O que anda aprontando, Daniel? Tem algum programa novo a caminho?"

"Vou lançar um livro", ele falou, escrevendo no receituário.

"Ah, que legal! É de humor?", ela perguntou, toda interessada.

"Não, não, nada disso. É literatura. O título é *A poética do tempo*. É um estudo existencial da..."

"Certo! Melhor voltarmos ao trabalho", disse a dra. Rawlings, que claramente ficou entediada com *A poética do tempo* ainda mais rápido que eu. Ela olhou para o que Daniel escreveu no receituário e começou a rir.

"Ai, nossa", disse, limpando os olhos enquanto jogava um gel na minha barriga como se estivesse limpando o chão.

"Ei, dra. Rawlings, você poderia fazer isso comigo depois?", perguntou Daniel. "Parece que minha barriga está aumentando de tamanho. Pode ter alguma coisa crescendo na área."

"Só se for o seu pau, Daniel", comentei, sarcástica, e a dra. Rawlings caiu na risada de novo.

"Certo, certo, agora sossegue, Bridget", ela falou.

"*Eu?*"

"Shh! Vamos ouvir as batidas do coração."

A ginecologista ligou a máquina e um barulhão retumbou pela sala. Daniel ficou apavorado.

"Está tudo bem aí?", ele perguntou. "Parece um trem-bala."

"Tudo ótimo. Certo! Vamos dar uma olhada. Ah, aqui tem uma mãozinha! Vejam! E olhem só! É o pênis!"

Sentei na hora.

"Pênis? Ela tem pênis? Minha menininha tem pênis?"

Por algum motivo, eu estava absolutamente convencida de que era uma menina. Sabe aquela intuição materna?

"Sim, está vendo? É bem grande."

"Tal pai, tal filho", comentou Daniel.

"Não quero um pênis dentro de mim!"

"É a primeira vez que ouço você dizer isso, Jones. Ah, olha só, ele está esfregando o nariz com as mãozinhas."

"Está tentando acenar", falei. "Oi, meu bem! É a mamãe!"

Eu estava mais do que emocionada. Era a coisa mais linda que já tinha visto na vida, fora o primeiro ultrassom, que também era a coisa mais linda que eu já tinha visto na vida.

Olhei para Daniel e vi que também estava comovido. Parecia prestes a chorar.

"Jones", ele falou, segurando minha mão. "Vamos ter um menininho."

Estávamos na Mercedes recém-lavada de Daniel, cujo interior cinza-claro ainda cheirava levemente a vômito. Ele dirigia bem devagar, tanto que os outros motoristas buzinavam e o ultrapassavam.

"Acho que dá para você ir um pouco mais rápido", arrisquei sugerir, me sentindo como alguém que passou de personagem de programa de barraco na TV a uma bem-casada que quer controlar a maneira como o marido dirige.

Daniel acelerou, mas acabou varando uma lombada e enfiou o pé no freio.

"Deus do céu! Deus do céu! Ele caiu para fora da barriga? Está tudo bem? Minha nossa, Jones! Tira o cinto. Tira o cinto agora ou vai esmagar a cabeça dele."

"Isso é possível?", gritei, removendo o cinto de segurança. "Será que esmagou a cabeça dele? Mas como a gente vai voltar para casa sem cinto?"

Trocamos olhares de pânico, como duas criancinhas de sete anos.

De alguma forma conseguimos chegar ao meu apartamento, com Daniel em silêncio enquanto eu segurava o cinto de segurança de modo que não apertasse minha barriga.

Tirei o cinto com o maior cuidado possível quando o carro parou, para garantir que não esmagasse o bebê.

"Pode subir primeiro", falou Daniel. "Vou estacionar. Não se esquece de ligar o celular."

Assim que Daniel arrancou com o carro, liguei o aparelho e recebi uma série de mensagens de Mark.

MARK DARCY
Bridget, estou embarcando para Londres e só recebi suas mensagens agora. O ultrassom ainda está marcado para hoje? Vou ver se consigo chegar a tempo.

MARK DARCY
Acabei de desembarcar. Vou correndo. Onde vai ser?

MARK DARCY
Em que hospital você está?

MARK DARCY
Por favor, não fique brava. Eu estava no Norte da África sem sinal de celular há quatro dias.

Enquanto subia até o apartamento, tomando todo o cuidado do mundo para que o bebê não caísse, vi uma silhueta conhecida de sobretudo escuro.
"Mark!", falei, correndo na direção dele.
Ele abriu um sorriso. "Não consegui encontrar você. Não recebeu minhas mensagens? Como foi?"
Ouvi passos atrás de mim.
"Darcy! O que está fazendo aqui?", disse Daniel. "Acabamos de chegar do ultrassom, não é mesmo, Bridge?"
Daniel tentou me abraçar. Eu me desvencilhei, mas, para meu total horror, ele sacou uma foto do ultrassom e mostrou para Mark.
"O que acha? É bonito o safado, não?"
Mark não olhou para a foto. "Eu teria ido, mas estava no Magreb."
"Ah, sim. Aquele clube de dança do ventre na Old Compton Street, não é?"
Mark avançou na direção dele.
"Calma, sra. Darcy, não precisa ficar nervosa."
"Parem com isso", falei. "Não briguem. Já basta a criança que está dentro de mim."
"Você tem razão", disse Mark. "Precisamos conversar com tranquilidade, como adultos. Podemos entrar?"
"Ora, que ideia genial!", provocou Daniel.

Em casa "Alguém quer um chá?", ofereci, toda empolgada, como se fosse minha mãe em Grafton Underwood e o vigário tivesse passado em casa para um bolinho e um gole de xerez.

Os dois olhavam feio um para o outro, como candidatos a presidente dos Estados Unidos prestes a começar uma daquelas batalhas de insultos que eles chamam de debate.

"Darcy", disse Daniel, em um tom gentil, "entendo o quanto isso deve ser humilhante, depois de tantos anos ouvindo todo mundo falar dos seus tiros de festim e dos seus cartuchos queimados."

Mark começou a empurrar Daniel na direção da varanda.

"Os rapazes do Darcy não sabem nadar", cantarolou Daniel.

"O que está FAZENDO?", perguntei quando Mark terminou de colocá-lo para fora e fechou a porta da varanda.

"Talvez ele resolva pular", ele murmurou.

"Vocês querem parar de se alfinetar? Parecem duas crianças", eu falei enquanto preparava o chá. "Mark, abra a varanda." Eu tinha literalmente me transformado na Magda, prestes a dizer: *Ou a mamãe vai bater em você.*

"Crianças?", rebateu Daniel, voltando da varanda. "Foi você quem transou com nós dois em sequência, como se fosse da geração Z."

Eu me sentei à mesa da cozinha, exausta. Ser mãe era aquilo? PREPARAR COMIDA e ME ESTRESSAR enquanto outras pessoas brigavam? Nesse momento lembrei que não tinha colocado a chaleira no fogo. E se eu servisse os bolinhos feitos com alimentos versáteis?

"A situação está longe de ser a ideal", começou Mark. "Mas pode ser uma oportunidade para todo mundo analisar seu comportamento e suas responsabilidades e começar a agir de acordo com o que for melhor para..."

"Certo, madre superiora. Quando começamos a cantar 'Climb Every Mountain'?"

"O chá está pronto!", gritei. "E tenho uns bolinhos caseiros."

Daniel e Mark se entreolharam, parecendo apavorados.

Estávamos os três sentados à mesa da cozinha, fazendo um esforço tremendo para comer os intragáveis — confesso — bolinhos de brócolis.

De repente, Mark engasgou. Então tirou um pedação de vidro da boca.

"O que é isso?"

"Ai, merda! Quebrei um copo enquanto estava fazendo a massa. Pensei que tivesse tirado tudo. Você está bem?"

Daniel levantou em um pulo e CUSPIU o bolinho na pia. Ele pegou outro pedaço de vidro e me mostrou. "Parece que minha vida está se desintegrando diante dos meus olhos. A paternidade é isso? Vômito no carro? Chocolate no terno? Bolinhos de brócolis com pedaços de vidro no estômago?"

"Desculpem, achei que tivesse tirado todos os cacos. Estraguei tudo. Não sei fazer nada direito."

Eu me debrucei sobre a mesa, com a cabeça entre as mãos. Queria que tudo aquilo desaparecesse. Com exceção do bebê.

Mark veio até mim e me abraçou. "Calma. Você está se saindo muito bem."

"Ninguém morreu", complementou Daniel, que estranhamente começou a limpar a pia. "A não ser que tenha vidro moído perfurando nosso intestino neste exato momento."

"Foi uma experiência de quase morte, mas sobrevivemos", falou Mark, dando risada.

"Então agora a gente pode conversar e juntar os cacos?", sugeri, esperançosa.

"Chega de cacos, por favor", respondeu Daniel.

Sentamos ao redor da mesa e bebemos nosso chá tranquilamente, como uma família com boas maneiras em um filme da década de 1950, bem diferente dos programas de TV atuais, em que as crianças dizem frases engraçadinhas e meio ofensivas para seus pais gays, de acordo com o roteiro escrito em um escritório acarpetado de Hollywood.

"E nossos pais?", perguntei, me remexendo na cadeira.

"Precisamos contar para eles, claro", disse Mark.

Ai, Deus. Grafton Underwood! O almirante e Elaine Darcy! Mamãe, Una e Mavis Enderbury!

"Pais?", perguntou Daniel.

"Sim", confirmou Mark. "Você não tem pais?"

"Tenho, mas eles não vão ficar sabendo disso."

"Hum. O ensaio para a visita da rainha é no sábado que vem, Bridget. Você vai, não?"

"Está me dizendo para contar para todo mundo sábado que vem?", perguntei, horrorizada.

"Separadamente e em particular, claro."

"Ainda não dá para perceber que estou grávida, né? Não posso ir para Grafton Underwood se estiver muito óbvio."

Houve uma breve pausa, então eles responderam:

"Não."

"Não mesmo."

"Não dá para perceber de jeito nenhum."

"Estou até achando que esse bebê vai ser anão, Jones."

PARTE 8

Valores familiares

SÁBADO, 28 DE OUTUBRO

Grafton Underwood, ensaio para a visita da rainha "Valores familiares!", berrava o pai de Mark, o almirante Darcy, ao microfone.

Todos os moradores estavam reunidos ali, além do prefeito e dos representantes do Palácio, que verificavam as instalações.

"A vida simples do campo!", continuou o almirante. "Será a isso que brindaremos quando, pela primeira vez em seus dois mil anos de história, a Ethelred Stone e o charmoso local que a abriga, Grafton Underwood, receberem um monarca reinante sob seus humildes telhados de palha!"

"Telhados de palha?", comentou tio Geoffrey, alto até demais. "Ele já está bêbado?"

Dei uma olhada para Mark, posicionado do outro lado do grupo, e vi que se segurava para não rir. Tínhamos ido até lá com o motorista de Mark, só que eu desci primeiro, na esquina da casa da minha mãe, para que ninguém soubesse que tínhamos ido juntos. Não queríamos atrair a atenção das pessoas sem necessidade.

"E hoje", prosseguiu o almirante Darcy, "temos a honra de receber o emissário da intendência de Northamptonshire para aprovar nossos planos para a visita de sua majestade, nos ajudar com o protocolo do comitê de recepção e nos orientar quanto à distribuição dos assentos."

"Almirante." Mavis Enderbury levantou a mão. "Podemos falar sobre o almoço?"

"Ela só quer garantir um lugar perto da rainha", minha mãe murmurou para Una.

Quando o discurso terminou e as pessoas começaram a se dispersar, minha mãe virou e olhou bem para mim. Seus olhos foram direto para meus peitos e minha barriga.

"Bridget", ela chamou. "Você está *gravidinha*?"

Argh! Estava assim na cara? Mark, Daniel, Tom, Miranda e Shazzer tinham garantido que não.

"Está, sim! Ela está gravidinha, Pam!", disse Una.

Todo mundo olhou para mim.

"Vocês precisam mesmo dizer 'gravidinha'?", perguntei, incomodada.

"Ah, Bridget!", disse minha mãe, toda contente. "Isso não poderia acontecer em uma hora *melhor*!" Ela me lançou um olhar desconfiado. "É de Mark? Ele está aqui, sabe? Estávamos comentando que, agora que se separou daquela intelectual horrorosa, talvez vocês dois finalmente se acertassem. Lembra quando brincavam juntos na piscininha? Bridget, o bebê é de Mark?"

"Talvez. Quer dizer, tem cinquenta por cento de chance de ser."

Percebi que Mavis Enderbury estava escutando tudo, com uma expressão maligna de triunfo estampada no rosto.

"*Cinquenta por cento de chance*?", questionou a minha mãe. "Bridget! Você fez um *ménage à trois*?"

Quando cheguei à casa dos meus pais, teve muito choro e muito drama.

"Esperei tantos anos para receber essa notícia e você faz isso desse jeito, na frente da nata de Grafton Underwood e de Mavis Enderbury. Nunca fui tão humilhada em toda a minha vida."

"Mas, Pam", disse meu pai, todo gentil, "é um bebê. Nosso netinho. Você sempre quis ter um."

"Não desse jeito", resmungou minha mãe, aos prantos. "Não era para ser assim."

"Você já fez algum exame?", Una entrou na conversa. "Na sua idade, ele pode nascer retardado."

"Una!", retruquei. "Ninguém mais fala 'retardado'. Mãe, eu

não queria envergonhar você. Fontes confiáveis me garantiram que ainda não dava para perceber que estou grávida. Vim porque você não parava de falar nisso e quis mostrar meu apoio. Ia contar tudo em um lugar reservado, só para a família. É um bebê. Uma vida. Seu neto. Pensei que fosse ficar contente. Se é assim que vai reagir, vou embora."

Fui pisando duro até onde o carro de Mark estava estacionado. No caminho, passei pelo casarão do almirante e de Elaine Darcy e pude ouvir vozes exaltadas do outro lado da cerca viva.

"Que tipo de conduta é essa, rapaz? Aqui não é um porto caribenho! Você vai pôr em risco a visita real com essa história, além de nos expor ao ridículo!"

"Mas, almirante...", ouvi Elaine Darcy tentar dizer.

"Olhe para mim quando estou falando, rapaz. Qual é seu problema?"

"Pai, já expliquei toda a situação e não tenho mais nada a dizer. Adeus."

Houve uma pausa. Ouvi os passos de Mark sobre o cascalho, e então a voz do almirante: "Por que nosso filho não consegue continuar casado e se reproduzir como uma pessoa normal? Você acha que ele é homossexual?"

"Bom, foi você quem quis mandar Mark para o Eton College, querido."

"Do que está falando?"

"Nunca vou me perdoar."

"Pelo quê?"

"Por todos aqueles internatos e babás, por delegar a outras pessoas a criação do meu único filho."

Silêncio.

"Que seja", disse o almirante por fim. "Agora só resta engolir o choro."

Meu pai chegou correndo e me encontrou parada ao lado da cerca viva.

"Vamos sentar um pouco, querida."

Nós nos afastamos um pouco da casa dos Darcy e sentamos na grama perto do riacho.

"Não se preocupe com sua mãe. Você sabe como ela é: totalmente maluca. Vai se acostumar com a ideia."

Ficamos em silêncio por um instante. Dava para ouvir o som da correnteza, dos pássaros, as vozes à distância. Era um cenário simples e familiar.

"São as expectativas que atrapalham. É normal. A ideia de que tudo deveria ser assim ou assado. O segredo é aprender a lidar com as coisas como são. Você sempre quis um bebê, não é?"

"Bom, se sempre significa uns três anos atrás, por umas duas horas...", respondi, envergonhada. "Mas com a gravidez percebi que era o que eu queria."

"E agora você vai ter um filho. Vai ser o bebê mais sortudo do mundo por ter você como mãe. Ninguém pode ser mais amorosa e gentil do que você... pense no quanto vão se divertir juntos. Agora volte para casa, faça seu melhor e não se deixe levar por essas bobagens. Vai dar tudo certo, eu prometo."

Meu pai me acompanhou até o carro, onde o motorista aguardava, e prometeu que não contaria à minha mãe que eu tinha vindo com Mark. Quando ele chegou, parecendo chateado, meu pai deu um tapinha em suas costas e abriu um sorriso como dizendo que entendia, mas não falou nada. Isso é a melhor coisa no meu pai. Ele sabia que Mark não queria conversar naquele momento.

Quando o carro começou a andar, resolvi seguir o conselho do meu pai. Apoiei a cabeça no ombro do Mark e fechei os olhos. Quando caía no sono, tenho certeza de ter ouvido Mark sussurrar: "Mesmo que seja do Daniel, quero ser o pai".

SÁBADO, 4 DE NOVEMBRO

17h Acabei de voltar de uma tarde de compras na John Lewis com Mark e Daniel. As pessoas sempre dizem que, se alguma coisa estiver ruim, é só ir até lá, porque nada de ruim acontece numa loja de departamentos.

Mark estava com uma pilha enorme de livros sobre bebês e um pacote enorme de fraldinhas de pano.
"Sério?", questionou Daniel, incrédulo, segurando um uniformezinho do Chelsea. "Você pretende enrolar o bebê?"
"Pode ser bem eficiente", disse Mark, com um tom de especialista, como se estivesse opinando sobre as vantagens e desvantagens da intervenção armada e da negociação diplomática, "desde que não fique apertado demais."
"Suponho que sim, se você for um agricultor egípcio do século quatro antes de Cristo."
"Ajuda no sono", argumentou Mark, pegando um aquecedor de lencinhos umedecidos sem dar muita atenção a Daniel.
"Sério? Ficar amarrado a ponto de não conseguir nem se mexer? Isso não é meio Abu Ghraib?"
"Você realmente não tem a menor ideia das coisas com que pode brincar. Imagino que prefira que o bebê chore a noite inteira até cair no sono com umas colheradas de uísque."
"Trate de retirar o que disse."
A equipe de segurança da loja rapidamente retirou os dois do lugar. Se nada de ruim acontece na John Lewis, é porque eles não permitem. Infelizmente, não é assim em todos os lugares.

DOMINGO, 12 DE NOVEMBRO

17h. Em casa, logo depois do curso de gestantes
Mark chegou atrasado, com a pasta na mão, e cumprimentou

a mim e a Daniel com um aceno de cabeça sem interromper a conversa ao telefone.

"Darcy, seja um bom menino e desligue isso", pediu Daniel.

Pegamos os crachás na recepção e, quando entramos, demos de cara com a instrutora diante de uma mesa com uma réplica de borracha de uma mulher da cintura para baixo. Os casais estavam sentados em fileiras junto a mesas, tentando pôr fraldas em bebês de plástico.

"Ah!", disse a instrutora. "Bem-vindos! Podem pegar um bebê ali na caixa!"

Só havia um bebê de plástico negro na caixa.

"Se tivéssemos chegado mais cedo, teríamos conseguido um bebê branco", murmurou Daniel, atraindo olhares perplexos.

"Daniel", sussurrei. "Cale essa boca!"

"Muito bem!", disse a instrutora, tentando amenizar o clima. "O que temos aqui? Mark? Daniel? Vocês são o segundo casal do mesmo sexo que recebemos hoje."

Todos aplaudiram educadamente, enquanto Daniel ria da expressão de Mark.

"Bridget? Você é a mãe de aluguel? Bem-vinda!"

Não pareceu uma boa ideia ter que explicar minha situação naquele momento, então simplesmente sorri enquanto as pessoas abriam lugar para nós.

"Não", Mark disse de repente, "nós não somos um casal."

Houve um instante de silêncio, e todo mundo nos encarou.

"Certo... então... Você e a Bridget são um casal?", a instrutora tentou.

"Não."

"Daniel e Bridget são...?"

"Ninguém aqui é um casal", expliquei. "Dormi com os dois e não sei qual deles é..."

"Ah! Então vocês optaram por uma relação sexual com a mãe de aluguel! Isso é bem incomum! Enfim, a porta está aberta para todo mundo!"

"'Aberta' é a palavra-chave nessa história", comentou Daniel.

"Que tal continuarmos?" A instrutora apontou para sua réplica ginecológica. "Como se chama a abertura do útero? Alguém sabe?"

Daniel levantou a mão: "Vagina".

"Hã, não... Na verdade, não."

"Cérvix", disse Mark.

"Cérvix. Exatamente! E a *abertura para* o cérvix?"

"Vagina!", disse Daniel, triunfal.

"Sim! Ou, como nós chamamos, o canal de parto, ou ainda, para o bebê, a saída para um novo mundo."

"Sempre existem duas maneiras de ver as coisas", falou Daniel.

A instrutora pegou um bebê de plástico e o posicionou ao lado da mulher de borracha cortada ao meio. Sinceramente, que tipo de relacionamento normal sobreviveria a esse tipo de curso?

"Certo! Vamos ver o que acontece quando o bebê enfim está a caminho. O canal de parto precisa se abrir." Ela enfiou o bebê de cabeça para baixo pela parte de cima da meia mulher de borracha. "Alguém se candidata a ser o médico? Que tal você, Daniel?"

"Já que você é especialista em vaginas...", murmurou Mark.

"Muito bem! Certo, doutor! Ponha a mão aqui." A instrutora guiou a mão do Daniel até o canal de parto. "O bebê desce por aqui. Está sentindo?"

"Desculpa", disse Daniel, mexendo a mão dentro do canal de borracha. "Não estou conseguindo alcançar."

Mark deu uma risadinha ao ver que ele tentava enfiar mais a mão, enquanto a instrutora tentava empurrar o bebê.

"Argh", ela disse, claramente irritada. "Isso acontece *toda* vez. Já cansei de pedir equipamentos novos. O sistema de saúde público é um horror. Ninguém tem uma vagina tão apertada."

"Você obviamente nunca esteve no Ping Pong Puck, em Bangcoc", disse Daniel.

"Ai, meu Deus!", gritou a instrutora, encarando Daniel com uma expressão incrédula. "Você é o cara daquele programa de viagens! Não é? Eu vi esse episódio em Bangcoc! Foi muito engraçado! Daniel Cleaver!"

Todo mundo olhou para Daniel com a maior cara de empolgação.

"Está trabalhando em algum programa novo?"

"Na verdade, não", disse Daniel, tentando tirar o braço do canal de parto. "Acabei de escrever um romance. O título é *A poética do...*"

"Certo, já chega", interrompeu Mark. "Isso é ridículo. Vou embora daqui."

Ficamos os três parados na rua sob uma chuva fraca, os caminhões e ônibus passando ruidosamente.

"Você é um imbecil, parece uma criança", Mark esbravejou com Daniel, furioso.

"Bom, ela disse para fazer perguntas."

"Não acredito que tenho que me sujeitar a esse tipo de situação com um idiota como..."

"Bom, você pode simplesmente se mandar. Já falamos dos seus tiros de festim. Dos anos e anos só queimando cartuchos."

"Retire o que disse", falou Mark.

"É uma questão de esperma dominante."

Ele se preparou para dar um soco em Daniel.

"Mark, para!", eu pedi.

Os dois ficaram se encarando com os punhos erguidos, como boxeadores.

Eu literalmente não aguentava mais. Os dois nem viram quando um táxi se aproximou com os faróis acesos. "Tchau!", falei, fazendo sinal para que o motorista parasse. "Falo com vocês mais tarde."

"Espere! Bridget!", chamou Mark.

"Só estou cansada", respondi. "Obrigada por terem vindo. Falo com vocês mais tarde."

Quando olhei pelo vidro traseiro, eles pareciam ter desistido de brigar. Daniel falava sem parar. Mark virou as costas e saiu andando.

22h Oba, campainha. Talvez seja Mark!

Era um entregador com uma carta dele.

Mark é literalmente a única pessoa no mundo que ainda escreve cartas, a caneta, em papel texturizado.

Querida Bridget,

A situação atual é insustentável. Já declarei meus sentimentos por você e pelo bebê, mas ficou claro que eu não tenho o que fazer nesse contexto absurdo. Minha preocupação com seu bem-estar está sendo prejudicada pela constatação de que, se você tivesse sido sincera e honesta comigo logo de início, uma boa dose de estresse e confusão poderia ter sido evitada.

A prioridade agora é garantir que você não tenha que aturar mais esse tipo de bobagem e consiga descansar e cuidar do bebê que está por vir. Se eu puder ser útil em termos financeiros, basta entrar em contato. Será um prazer honrar tal compromisso.

Sempre ao seu dispor,
Mark

PARTE 9

Caos e desordem

SEGUNDA-FEIRA, 13 DE NOVEMBRO

10h15. Redação do Sit Up Britain Acabei de chegar ao trabalho. Não vou conseguir. Simplesmente não tenho como encarar um dia de trabalho com as seguintes coisas dentro de mim:

1) Um bebê cada vez maior exigindo batatas recheadas, queijo, picles e, ultimamente, vodca.
2) Um coração partido e totalmente confuso. Por que Mark escreveu aquela carta? Logo depois de ter sido tão fofo na viagem de volta de Grafton Underwood? Por quê? O que aconteceu? Por que ele não responde às minhas mensagens? Vai ver me acha uma piranha vulgar, e a presença do Daniel faz Mark lembrar uma parte de mim de que não gosta.

Conversei pelo FaceTime com Tom, com o celular meio escondido embaixo da mesa.

"Você não é piranha nem vulgar", ele disse. "É uma produtora de sucesso e praticamente uma freira. Só precisa fazer o jogo do Pelo Menos. Lembra? Aquela coisa que você me ensinou quando eu estava sendo torturado por Jerome, o Pretensioso? 'Pelo menos eu tenho isso e aquilo', sabe? Faz tudo parecer melhor."

"É mesmo!", eu falei, abrindo um sorriso. "Obrigada, Tom." Desliguei.

A janela do FaceTime apareceu de novo: Tom.

"Bridge: só uma observação. Não usa o FaceTime nunca mais desse ângulo."

Tom desapareceu e então apareceu de novo, outra vez no FaceTime. "Sou uma péssima pessoa?"

"E aí, Bridget?", disse Richard Finch, passando pela minha mesa e dando uma olhada nos meus peitos.

Mandei uma mensagem rápida para Tom dizendo que ele

era uma ótima pessoa e comecei a digitar furiosamente, olhando compenetrada para a tela do computador. Qualquer um que me visse acharia que eu estava trabalhando com o maior empenho do mundo.

PELO MENOS
- Vou ter um bebê
- Tudo pode voltar a ficar bem com Mark — talvez seja só uma coisa temporária
- Daniel ainda está na jogada, então resta um pai
- Daniel pode mudar
- Tenho um apartamento
- Tenho um carro
- Tenho um pai incrível
- Minha mãe pode mudar de ideia e ficar contente com o bebê, em vez de ficar obcecada pela visita da rainha
- Estou cercada de amigas, tanto solteiras como bem-casadas, numa grande família de gente calorosa e sincera
- Tenho um ótimo emprego onde ninguém a não ser Miranda sabe que estou grávida

"Porra, eles estão enormes", ouvi um murmúrio mais alto atrás de mim.

"Uou, mano. São irados."

"Olha só, Jordan. Desse ângulo, na frente do letreiro, antes chegava até o 'P' de *Sit Up Britain*. Agora já estão no 'B'."

"É. Que louco, mano."

"Porra, estão enormes mesmo..."

"Uou. Tipo, totalmente dominantes, mano."

Eu me virei na cadeira. Era Richard Finch cochichando com um dos caras com coque.

"Do que vocês estão falando?"

"Nada."

"Richard! Eu sei que é dos meus peitos."

"Não é não!"
"É sim!"
"Não é não!"
"Isso é machismo. Assédio."
"Eu só estava falando de um fenômeno natural", se defendeu Richard. "Se você visse um ônibus de dois andares que de repente dobrou de tamanho ia dizer algo a respeito, não?"
"Não sou um ônibus, sou uma pessoa. Agora com licença, preciso fazer xixi."
De repente, Richard Finch teve um momento de rara lucidez.
"Você está GRÁVIDA?", ele gritou.
Fez-se um silêncio ensurdecedor. Olhei ao redor e vi que estava todo mundo me encarando e que Peri Campos tinha acabado de entrar na redação.
Era mais do que eu conseguia suportar. O bebê resolveu revirar a batata recheada e o cappuccino no meu estômago, me fazendo vomitar no cesto de lixo na frente de todo mundo.

20h. Em casa Estas são as pessoas demitidas até agora devido aos "ajustes" de Peri Campos:

- June, da recepção (dezessete anos de *Sit Up Britain*).
- Harry, o motorista (dezoito anos de *Sit Up Britain*).
- Julian, o gerente de produção. (Sim, ele vivia se esquecendo de avisar quando entrávamos no ar e não sabia diferenciar "para a direita da tela" e "para a esquerda da tela", mas estava se esforçando para aprender fazia vinte anos.)

Quando saímos da reunião, Peri Campos me puxou de lado.
"O pessoal do RH está acostumado com essa coisa de funcionárias que engravidam quando sentem que o emprego está em perigo. Só que geralmente as funcionárias cujo emprego

está em perigo são velhas demais para engravidar. Enfim, não pense que me engana."

Ela se virou para o restante da equipe. "Ei, pessoal! Uma última coisa! Vamos começar a entrar uma hora mais cedo amanhã."

Fala sério! Todo mundo sabe que jornalistas precisam começar a trabalhar mais tarde, porque são pessoas boêmias e criativas. Marquei meu ultrassom às oito na quinta, justamente para poder começar a trabalhar às onze.

Mas vai dar tudo certo. Às nove e meia estarei no trabalho. Só um pouco atrasada.

QUARTA-FEIRA, 15 DE NOVEMBRO

7 mensagens enviadas para Mark. 0 respostas.

Acabei de ligar para o trabalho do Mark e falei com Freddo, seu assistente superqualificado.

"Inacessível", disse Freddo com sua voz ressonante de tenor. "Mark não vai estar por aqui pelas próximas duas semanas. Está incomunicável."

"Ele foi para algum lugar perigoso?"

"Está inacessível e incomunicável. Só posso dizer isso."

Que estranho. Ah, mensagem de texto.

BABACA DO DANIEL NÃO RESPONDER
Tudo pronto para o ultrassom amanhã, Jones? Vamos ver como vai nosso trenzinho expresso?

Parece que seremos só eu e Daniel de novo. Pelo menos ele lembrou. Talvez tenha mudado.

QUINTA-FEIRA, 16 DE NOVEMBRO

8h. Sala de espera do hospital Daniel não chegou.

8h10 Daniel ainda não chegou. Ai, Deus, ai, Deus, ai, Deus. Preciso estar no trabalho daqui a cinquenta e cinco minutos. Peri Campos vai me matar e devorar meu cadáver.

8h20 A recepcionista acabou de dizer: "Se você não entrar agora, vai perder o ultrassom".

Estava pegando minha bolsa para entrar quando Daniel apareceu todo apressado, com "mal-humorado" escrito na cara (não literalmente, porque isso seria demais).

"O trânsito estava um inferno, a cidade inteira estava parada. Por que marcou o exame tão cedo, Jones? Anda, vamos logo com essa coisa. Cadê o Darcy?"

"Não sei."

Não parecia uma boa ideia contar para Daniel que Mark estava fora da jogada: é como quando você está tentando convencer as pessoas a apoiar uma ideia: assim que o primeiro pula fora, todo mundo faz o mesmo. Definitivamente não vou contar para ele.

"Nenhuma notícia?"

"Mark não vem", deixei escapar. "Ele me escreveu uma carta. Não quer mais se envolver."

Um breve brilho de triunfo se revelou nos olhos de Daniel. "É o ego. É sempre o ego, quando se trata da sra. Darcy."

"Como assim?"

"Nada, nada, só estou lembrando o que aconteceu no curso."

"Você podia ter pedido desculpas", falei.

"Por que, Jones? Foi engraçado. Estava todo mundo se divertindo, menos a sra. Darcy. Ele não precisava ter agido como se fosse uma execução em uma masmorra na Arábia."

O pior foi que a dra. Rawlings estava no meio de um procedimento de emergência (que eu deduzi ser um parto, não um pedido de aumento de limite do cartão de crédito). De repente tive uma crise de ciúme ao pensar nela com outro bebê, quase como se estivesse me traindo. E, para piorar, quem fez o exame foi um homem, então Daniel não tinha ninguém para quem fazer gracinhas. Todo o ânimo dele pareceu desaparecer. Sem a rivalidade com Mark, Daniel não parecia se interessar muito pela coisa toda.

Eu, por outro lado, estava tão inundada de amor ao ver o quanto meu bebê tinha crescido, e seu narizinho e suas mãozinhas, que me esqueci completamente da hora.

"Aaaaargh!", gritei quando chegamos à rua. "São nove e quinze... era para eu estar no trabalho há quinze minutos."

"Tudo bem, tudo bem. Não precisa surtar. Levo você lá", disse Daniel. Então acrescentou baixinho: "Esqueça meu livro, minhas provas de revisão. *Sit Up Britain* é a coisa mais importante do mundo".

Tensão é a palavra que define o trajeto de carro até o trabalho. Eu ficava tentando fazer o relógio do painel andar para trás e tirar os caminhões e as bicicletas da frente com a força da mente, tudo isso enquanto pensava que já deveria estar na minha mesa fazia meia hora. Daniel parecia preocupado e nervoso, mexendo sem parar nos botões do carro, acelerando e freando com a maior brutalidade, de um jeito que me fez pensar que fosse vomitar outra vez.

Quando chegamos ao prédio do *Sit Up Britain*, Daniel deixou o motor ligado e nem desceu do carro. "Muito bem, então, Jones. Foi bom ver você."

"'Foi bom ver você'?", repeti.

"A gente se fala."

"'A gente se fala'?"

"Jones, para de repetir tudo o que eu digo como um papagaio."

"'Como um papagaio'?"

"Jones."

"Estou confusa. Acabamos de voltar de um ultrassom e você me diz 'Foi legal ver você' e 'A gente se fala', como se tivesse só dormido comigo."

"Entendi, entendi", disse Daniel. "Com as mulheres é sempre a mesma coisa, não? Só porque fizemos um ultrassom juntos não significa que estamos namorando. Não vamos casar e ter filhos."

"Mas nós vamos ter um filho. Foi por isso que fizemos o ultrassom."

"Não, Jones", ele respondeu. "Você vai ter um filho."

Senti meu estômago gelar.

"Desculpa, desculpa", ele falou. "Escuta só, acho que não consigo fazer isso. Não dá."

"E se o bebê for seu?"

"Então talvez eu possa tentar."

"E se não for?"

"Bom, isso muda tudo. Desculpa, desculpa. Ah, não me olha assim, Jones. A questão é: se tivéssemos feito sexo anal, como sugeri, nada disso teria acontecido."

"Daniel", falei enquanto saía do carro. "Por mim você pode ir à merda. E, se eu tivesse escolha entre ter um filho com você ou com Peri Campos, escolheria Peri Campos."

Mais do que atrasada e com a cabeça a mil por causa de Daniel, subi correndo até o sétimo andar, peguei uma pilha de papéis, posicionei-a na frente da barriga — para fazer parecer que eu tinha acabado de passar na impressora, e não grávida e atrasada — e entrei como se nada tivesse acontecido. Só que dei de cara com Peri Campos em uma reunião com toda a equipe de *Sit Up Britain*.

"É molhada, transparente e sem ela MORRERÍAMOS! Água!",

ela gritou, caminhando de um lado para o outro diante de um quadro, enquanto os jovenzinhos de coque sentados na primeira fileira prestavam a maior atenção, e a velha guarda acompanhava desanimada das últimas cadeiras.

"Bridget, você está trinta e cinco minutos atrasada, é datada e chata. O *Sit Up Britain* é datado e chato. Esse nome é datado e chato. A equipe é datada e chata. O conteúdo é datado e chato. Precisamos de tensão, precisamos de ação, precisamos de suspense. 'Elas são pequenas, são potentes, são assassinas em potencial e estão ESPALHADAS PELA CASA INTEIRA!' E então?"

Peri Campos olhou ao redor, esperando uma resposta.

"Formigas!", disse Jordan.

"Enceradeiras!", sugeriu Richard Finch.

"Calcinhas!", disse Miranda, e eu caí na risada.

"Baterias", respondeu Peri Campos, acrescentando em tom sarcástico: "Parece que ninguém aqui tem a menor ideia dos temas do momento. Bridget, quero você às nove horas na minha sala na segunda-feira. Nove horas — não três da tarde. Nada de atrasos."

"Não vai acontecer de novo, prometo."

"Promessas! Adoro isso, porque têm consequências."

"Por favor, não mande Bridget embora", disse Richard Finch, olhando para mim em seguida e balbuciando "*Você está louca?*" sem emitir som.

SEXTA-FEIRA, 17 DE NOVEMBRO

20h30. Em casa Pressinto uma tragédia iminente. Estou prestes a ser demitida, os dois pais do bebê me odeiam, está tudo uma bagunça, é sexta à noite e não tenho ninguém. Ninguééééém!

PELO MENOS
- Vou ter um bebê

- Tudo pode voltar a ficar bem com Mark — talvez seja só uma coisa temporária
- ~~Daniel ainda está na jogada, então resta um pai~~
- ~~Daniel pode mudar~~
- Tenho um apartamento
- Tenho um carro
- Tenho um pai incrível
- Minha mãe pode mudar de ideia e ficar contente com o bebê, em vez de ficar obcecada com a visita da rainha
- Estou cercada de amigas, tanto solteiras como bem-casadas, numa grande família de gente calorosa e sincera
- Tenho um ~~ótimo~~ emprego (por quanto tempo?) ~~onde ninguém a não ser Miranda sabe que estou grávida~~

Sim, tenho amigas. Solteiras, com quem posso dar umas boas risadas. Não preciso ficar para baixo. Vou ligar para Shazzer.

21h A conversa não foi nada bem.

"Shaz? É a Bridget. Você e Tom vão sair hoje à noite?"

Silêncio do outro lado, o mesmo que eu costumava fazer quando Magda, uma bem-casada, me ligava para tentar entrar na farra das solteiras.

"É queeeee..." Ela parecia bem bêbada. "A gente está em Hackney e é meio... longe daí?"

Mordi o lábio, sentindo os olhos se encherem de lágrimas. Eles nem me convidaram! Não sou nem uma solteira nem uma bem-casada. Sou uma aberração!

"Bridge. O que foi? A ligação caiu?"

"Por que vocês não me convidaram?"

"Bom... é que está todo mundo enchendo a cara aqui e, você sabe, na sua..."

"Condição?"

Ouvi uma comoção ao fundo. Tom pegou o telefone, ainda mais bêbado que Shaz.

"Está uma bagunça aqui, sabe?", ele falou. "A Miranda..."
Quê? Miranda foi e nem me chamou?

22h A questão é que, quando você está se sentindo isolada e sozinha, precisa tentar "mobilizar" as pessoas.

22h05 Decidi fazer isso por mensagem de texto.

22h15 Mandei o seguinte:

> Magda, estou me sentindo isolada e sozinha. Não posso continuar agindo como uma mulher solteira. Preciso que minhas amigas bem-casadas me ajudem nesse momento difícil.
>
> Shazzer, estou me sentindo isolada e sozinha. Apesar de estar grávida, não sou uma mãe exibida e preciso que minhas amigas solteiras me ajudem nesse momento difícil.
>
> Mãe, estou me sentindo isolada e sozinha. Não posso ficar sem seu apoio. Preciso que me ajude nesse momento difícil.
>
> Mark, estou me sentindo isolada e sozinha. Não posso ficar sem seu apoio. Preciso que me ajude nesse momento difícil.
>
> Daniel, estou me sentindo isolada e sozinha...

Peguei no sono antes de terminar de escrever.

SÁBADO, 18 DE NOVEMBRO

11h. Em casa Argh! Fui acordada por telefones tocando. Tateei cegamente o edredom, desesperada.

"Alô?", falei no telefone fixo enquanto procurava o celular, que continuava tocando.

"É a Magda. Fiquei TÃO feliz com sua mensagem. Estávamos MORRENDO de vontade de fazer uma visita, mas achei que você estava cercada das suas amigas solteiras que iam achar minha conversa um tédio. Enfim, vamos almoçar na Portobello hoje? Assim colocamos a conversa em dia. Você deve estar ouvindo um monte de conselhos malucos, mas sabe que eu não sou assim."

"Hã, eu ainda estou na cama, mas..."

"Na cama? Bridget, você está de sutiã?"

"Não. Deveria?"

"Sim, ou vai acabar com os peitos tocando o umbigo. Mas tem que ser sem arame."

"Por quê?", perguntei, pensando na minha preciosa coleção de lingeries.

"O arame esmaga os dutos de leite."

"Só um minutinho." Atendi o celular. "Oi, Tom! Estou em outra ligação. Posso ligar daqui a pouquinho?"

"Certo. Leia suas mensagens. Encontramos você no Electric para tomar bloody mary à uma hora."

"Desculpa, Mag", falei, pondo o telefone fixo no ouvido e percebendo que ela continuava falando.

"Ah, e não coma ovo cru."

"Por que eu comeria ovo cru?"

"Enfim, o único conselho realmente útil é: não deite."

"Como isso seria possível?"

"De barriga para cima, quero dizer. A artéria principal para o cérebro passa pelas costas."

O celular tocou outra vez.

"Querida, é a mamãe." Ela estava às lágrimas. "Não imaginava que estivesse precisando de mim. Pensei que me ODIASSE, está tudo tão..."

"Magda, preciso desligar. Minha mãe está no celular."

"Certo, encontro você no Electric à uma."

Voltei para minha mãe aos prantos ao telefone.

"Querida, pensei que estivéssemos brigadas. Estou tão feliz por você precisar de mim. Enfim, nós vamos à Debenhams amanhã à tarde, quer ir também? Podemos fazer umas comprinhas."

"Eu adoraria, mas..." O telefone fixo tocou. "Mãe, preciso desligar, falo com você mais tarde."

Era Magda de novo: "Me esqueci de dizer para você não nadar, porque pressiona o útero".

Olhei minha caixa de mensagens. Havia um monte de pedidos de desculpas e promessas de redenção de Tom, Shaz e Miranda. Íamos nos encontrar no Electric à uma, mas...

"Ah, e se o cabelo começar a cair", continuava Magda, "é só passar um pouco de óleo de máquina de costura. Enfim, é melhor eu ir me arrumar. Vejo você no Electric à uma! Woney e Mufti também vão!"

"Hã...", falei, totalmente em pânico. As mães exibidas não poderiam aparecer no Electric à uma, na mesma hora que Tom, Miranda e Shazzer estariam por lá.

"O Electric é um lugar meio barulhento, poderia ser às duas no Café 202?"

"Ah", ela falou, meio tensa. "Bom, agora já combinei com Mufti e Woney, mas... Certo, tudo bem. A gente se vê lá."

Antes de sair de casa, ouvi um alerta de e-mail.

De: Peri Campos
Assunto: Reunião segunda às 9h
Esteja na minha sala às 9h em ponto na segunda, com seis pautas que não sejam datadas nem absurdamente chatas e com manchetes interessantes, no formato que discutimos.

Portobello Road, Notting Hill

Foi estimulante e libertador estar de novo em meio ao glamour decadente e à multidão que frequenta a Portobello: lanchonetes com preços abusivos, floriculturas e butiques misturadas com casas de apostas e barraquinhas vendendo chapéus da moda e frutas e legumes passados.

Estar grávida é como ser uma celebridade, e todo mundo de repente pareceu perceber isso: os carros paravam para eu atravessar, pessoas cediam o assento no metrô e me abordavam na rua para fazer sempre as mesmas perguntas.

"É menino ou menina?"

"Para quando é?"

Fui *absurdamente* gentil com meus fãs, claro. Quase como a rainha, só que grávida, mais jovem e nem um pouco disposta a sentar do lado da minha mãe em Grafton Underwood.

Cheguei ao Electric toda alegre, mas encontrei Shazzer com a cabeça baixa a uma das mesas do lado de fora. "Oi, Shaz!", cumprimentei.

Ela emitiu um leve grunhido. "Estou MORRENDO de ressaca, você pode pedir um bloody mary para mim? Não consigo mexer a cabeça."

"Onde estão Tom e Miranda?"

"Sei lá. Miranda foi embora com um cara ontem. Acho que Tom vai vir direto para cá de onde quer que esteja, mas estou furiosa com ele porque..."

Ai, Deus. Uma e quinze! E quanto a Magda? Será que eu poderia chegar um pouquinho atrasada?

Fui lá para dentro e pedi um bloody mary e um chá de hortelã. Quando saí vi Tom, descabelado e com a barba por fazer, caminhando até a gente com a determinação de um sujeito que se esforça para andar em linha reta depois de ser parado pela polícia dirigindo bêbado.

"Ai, meu Deus", ele falou, se juntando a Shazzer e se debruçando sobre a mesa, ainda cheirando a tequila.

"Eles estão bebaços, dormiram fora de casa e estão largados na mesa! Tom e Shazzer, pessoal!", disse Miranda, chegando a passos acelerados com uma aparência fresca e jovial.

"Você não está de ressaca?", perguntei, me juntando a eles.

"Ressaca? Não! A droga que escolhi para minha sexta-feira à noite foi sexo! Você recebeu o e-mail de Peri Campos? Uma taça de vinho branco!", ela pediu cheia de charme ao garçom, que milagrosamente tinha aparecido. Miranda lançou um olhar horrorizado para meu chá de hortelã. "E uma taça de vinho para Bridget. E alguma coisa para comer."

"Não posso, estou grávida", eu falei, enquanto Miranda escolhia um prato qualquer.

"Não, não! Você não viu a última notícia no Netdocbam!.com? Duas taças de vinho por semana FAZEM BEM PARA O BEBÊ. 'É molhado, era considerado tóxico e vai agradar seu feto!'"

"SÉRIO?", perguntei, toda animada. Aquilo era uma dupla felicidade: uma manchete para Peri Campos e uma bebidinha.

"Shhh", pediu Tom. "Estou com dor de cabeça."

Humm. Um vinho branco geladinho cairia muito bem.

"Então, quer ouvir a outra notícia?", perguntou Miranda, dando um gole na bebida. "Eles são pequenos, não controlam o próprio corpo e PROVOCAM DEPRESSÃO... Bebês!"

"Como é?", questionou Shazzer, se endireitando na cadeira e lançando um olhar para Tom.

"Pois é", disse Miranda, toda sabichona. "A pesquisa vai sair na edição do mês que vem da *Psiquiatria em Revista*."

"Como foi que você conseguiu a edição do mês que vem da *Psiquiatria em Revista*?", perguntou Tom, se ajeitando na cadeira.

"Contatos, mano."

"Por favor, não diga 'mano'", pedi.

"Pelo jeito, todos esses anos as mulheres sofreram *lavagem cerebral* para acreditar que estavam deprimidas por não ter filhos, mas ao que parece as que desistiram da carreira para ter filhos estão mais deprimidas do que as que continuaram trabalhando e abriram mão da maternidade."

"Está VENDO, Tom?", falou Shazzer. "Tom decidiu adotar um bebê. Vai abandonar nosso barco para seguir a modinha."

"Shazzer, cala a boca, era segredo", ele disse, furioso.

Fiquei só olhando para Miranda, perplexa.

"Ah, qual é, não precisa levar tão a sério. Essas pesquisas são besteira, mas é uma manchete para segunda-feira. Eles são o lobo em pele de cordeiro, dizem '*Ei, ei, olhem para mim, não sei fazer nada, me ajudem!*' enquanto destroem sua vida... bebês!"

"Exatamente! É tudo propaganda enganosa!", apoiou Shaz, enquanto eu dava um gole enorme de vinho, lembrando o quanto a bebida fazia com que me sentisse melhor, já sentindo vontade de tomar outra taça e talvez fumar um cigarro. Comecei a comer minha torrada com queijo de cabra.

"Durante todos esses anos sofremos LAVAGEM CEREBRAL para pensar que nossa depressão era por não ter filhos, quando na verdade ninguém está deprimido porra nenhuma!", Shazzer esbravejou, muito satisfeita.

"Mas, hã, nós estamos", disse Tom.

"Não. Só PENSAMOS que sim, porque a sociedade quer que todo mundo acredite que sofremos com essa ausência irreparável, quando na verdade as pessoas que não têm filhos não estão deprimidas porra nenhuma", disse Shazzer.

"Viva!", eu falei, por pura força do hábito. "Solteiros sem filhos! Viva!"

"Bridget! O que está fazendo? Você não vai almoçar com *a gente*?"

Argh! Eram Magda e Mufti, empurrando um carrinho Bugaboo contendo um bebê e uma quantidade assustadora de apetrechos.

"Você está tomando VINHO?"

Fiquei de pé em um pulo, me sentindo culpada, e derrubei a taça com a barriga.

"Ela não pode beber vinho! Ela não pode beber!", gritou Mufti.

"Francamente, vocês solteiros são muito irresponsáveis", repreendeu Magda. "Ela vem com a gente. Vamos, Bridget."

"Isso é queijo de cabra?", questionou Mufti. "Você está comendo QUEIJO DE CABRA?"

Woney apareceu de repente, também empurrando um carrinho Bugaboo, mas sem nada dentro. "O que está fazendo aqui? A gente ficou de se encontrar no Café 202. Compramos um carrinho para você!"

"Ah, obrigada", falei, lançando um olhar desconfiado para o negócio, que parecia gigante. Como eu ia conseguir subir as escadas com aquela coisa?

"Ai, meu Deus, você está enorme", comentou Woney. "Pensei que estivesse só de alguns meses. É melhor parar de ganhar peso, ou você vai ter um parto horroroso."

Magda apertou minha mão e sussurrou: "Não liga para a Woney, ela passou tanto tempo de pé que acabou com varizes nos grandes lábios". Shazzer caiu na risada.

"É uma menina!", disse Mufti. "É uma menina! Olha só como essa barriga está baixa."

"Não, é um menino. Olha o tamanho dos peitos dela."

"Um menino? Um menino? Ela está completamente assimétrica", retrucou Mufti. "Completamente assimétrica."

"Certo, parem com isso", disse Magda. "A gente está aqui para ajudar, não para torturar a Bridget. Adivinha só? Arrumamos uma babá para você, do Leste Europeu. Uma neurocientista formada na Universidade de Vilnius."

"Já descobriu quem é o pai?", perguntou Woney. "Você não pode ter um bebê sem pai."

"Olha só", grunhiu Tom, cheirando a álcool. "Viver com pais heterossexuais é coisa do passado."

"Eu não ia querer criar um bebê com esse tipo de estigma

social", acrescentou Shaz. Miranda estava distraída com o Tinder e ignorava todo mundo.

"Acho que isso é um pouquinho de recalque", rebateu Mufti. "Só pode ser."

"Por quê? Por que a gente não foi interesseira o suficiente para agarrar um homem com um mínimo de estabilidade financeira aos trinta?", perguntou Shaz.

"Não, mas deve ser por isso que você ainda está solteira e se comporta como uma criança."

"Não foi você que teve varizes nos grandes lábios?", retrucou Shazzer.

A coisa terminou em uma gritaria horrorosa. Acabei sendo levada para longe por Magda, junto com o carrinho gigante — um acessório um tanto estranho para arrastar por aí sem nenhum bebê dentro —, enquanto ela me falava que tudo ia ficar bem quando eu falasse com minha nova babá, que era amiga da babá *dela*, Audrona, formada em engenharia aeronáutica.

Uma menina linda, que parecia uma modelo/ princesa do Leste Europeu por quem Daniel me daria o cano em um ultrassom, estava caminhando na nossa direção empurrando um carrinho Bugaboo idêntico.

"Belo carrinho!", falei, de repente me dando conta de que o apetrecho caríssimo poderia me catapultar à glamourosa categoria de mãe exibida.

"Belo bebê!", ela rebateu com seu sotaque carregado, olhando para meu carrinho e depois me encarando com uma expressão estranha, já que claramente não havia bebê nenhum ali.

"Ainda está no forno!", falei, mostrando a barriga. "Mas a sua é uma graça."

Era mesmo uma graça — e estranhamente fami...

"Mamã", disse a bebê.

"É a Molly!", exclamou Magda. "Puta que pariu, o que você está fazendo com minha filha?"

Todo mundo parou para olhar. Magda soltava os complexos cintos de segurança do carrinho Bugaboo para pegar a bebê e gritava: "Você roubou minha filha!".

"Não fique brava, sra. Carew!", disse a modelo/ princesa. "Audrona tem uma entrevista de emprego. Ela me pediu para ficar com Molly. Tenho diploma em psicologia e desenvolvimento infantil. Ela está bem, viu?"

DOMINGO, 19 DE NOVEMBRO

14h. Em casa Passei a maior parte do dia vasculhando os jornais em busca de pautas que pudessem se transformar em manchetes absurdas no formato pedido pela Peri Campos para a maldita reunião de amanhã:

"Elas são gosmentas, terrivelmente silenciosas e estão de olho na sua rúcula: rãs!"

"Eles são portáteis, mudam de forma de repente e podem furar seus olhos: guarda-chuvas!"

15h Isso é perda de tempo. É ridículo. Ah, mensagem de texto.

15h05 Milagre! É do Mark!

> MARK DARCY
> Bridget, lamento muito que esteja isolada e chateada. Recebi sua mensagem só agora, desculpe. Posso ir até aí? Ou prefere vir tomar um chá? Tenho uma coisa para mostrar a você.

15h10 Ai, meu Deus. Ai, meu Deus. Isso é maravilhoso. O apartamento está meio bagunçado. Não quero que pense que sou uma dona de casa desleixada. É melhor eu ir até lá. O que será que ele tem para me mostrar?

PARTE 10

Colapso total

DOMINGO, 19 DE NOVEMBRO

16h30. Em casa Acabei de voltar do Mark. Não sei bem o que acabou de acontecer.

Fiquei esperando nos degraus da entrada da casa, toda nervosa, mas quando a porta se abriu ele estava bem diferente. Com a barba por fazer, descalço, de calça jeans e com uma blusa escura suja, segurando uma garrafa aberta de vinho, olhando de um jeito estranho para mim.

"Posso entrar?", perguntei por fim.

Ele teve um sobressalto ao ouvir o pedido.

"Sim, sim, claro, entre."

Mark me levou até a cozinha passando pelo jardim. Ele respirou fundo, parecendo apreciar o ar fresco.

Ao entrar, levei um susto. A casa inteira estava um caos boêmio. Havia pilhas de roupa para lavar, embalagens de comida jogadas, garrafas vazias de vinho, velas acesas e... aquilo é *incenso* mesmo?

"O que está acontecendo? Por que essa bagunça? A faxineira não veio?"

"Dei férias para todo mundo. Não preciso de funcionários. Ah!" Os olhos dele brilharam. "Venha ver."

Mark me conduziu para a sala de estar.

"Sou um fracasso no trabalho", ele contou.

"Por que diz isso?", perguntei, dando uma olhada na sala, que costumava ser tão formal. Não havia mais tapetes. Toda a mobília estava manchada de tinta, e havia latas de diversas cores espalhadas pelo piso de madeira.

"Não vão libertar Farzad. Cinco anos de trabalho foram por água abaixo. Sou um fracasso na vida. Nos relacionamentos. Como homem e profissional. Mas pelo menos posso pintar."

Ele tirou o lençol de cima de uma tela gigante e sorriu para mim, cheio de expectativa.

Era um horror. O tipo de coisa que vendiam na Woolworths ou que artistas amadores colocavam sobre cavaletes no Hyde Park. Uma cena de pôr do sol, um homem cavalgando à beira da praia, uma armadura abandonada na areia.

"O que você achou?"

Fui salva pelo celular. Olhei para a tela do aparelho — BABACA DO DANIEL NÃO RESPONDER — e rejeitei a chamada imediatamente.

"Imagino que seja Cleaver. Toda vez que tento fazer alguma coisa decente, dar um jeito na minha vida, ele aparece e estraga tudo. Honestidade, trabalho, tentar fazer a coisa certa... tudo isso é inútil. Só carisma e fama interessam. Ele está cuidando bem de você?"

"Não!"

"Daniel não está ajudando? Você veio pedir dinheiro?" Ele pegou um pote e começou a tirar um monte de notas de vinte libras. "Aqui, pode pegar. Leve quanto dinheiro quiser. Para mim isso não serve de nada."

"Não quero seu dinheiro! Não sou uma mãe solteira golpista. Como pode me tratar assim?" Tomei o caminho da porta. "E, para sua informação, não estou com Daniel Cleaver."

"Ah, não?"

"Não. Estou enfrentando tudo sozinha."

18h15. Em casa Argh! Acabei de ler a mensagem do Daniel.

> BABACA DO DANIEL NÃO RESPONDER
> Minha querida etc. e tal. Recebi sua mensagem. Adoraria ajudar etc. e tal. Estou trabalhando hoje, ligo depois. Veja o Artes em Revista hoje às 18h.

Sinceramente, estou furiosa. Tem um bebê envolvido nessa história. Os dois transaram comigo e nenhum tinha camisinha. Não podem desaparecer como se não tivessem nada a ver com isso.

18h16 Depois de revirar a casa em busca do controle remoto, consegui ligar a TV no *Artes em Revista* bem na hora. Daniel foi apresentado no estúdio. Ele estava meio desalinhado e não parecia tão radiante como sempre, mas se mantinha pretensioso e otimista.

"E agora", disse o apresentador, "o ex-executivo da indústria editorial que virou apresentador de programa de viagens e depois de artes e sempre foi um mulherengo de primeira. Um caçador que virou caça — e digo 'caçador' no sentido *mais amplo* da palavra..."

Foram exibidas diversas imagens de Daniel com uma porção de mulheres, depois deram um close nele no estúdio, com uma expressão furiosa.

"Daniel Cleaver reaparece agora com uma tentativa de 'literatura séria': *A poética do tempo*. Tom O'Shea! Bill Sharp! Ambos escritores e, claro, críticos renomados. Sem mais delongas, o que acharam?"

"É o monte de merda mais fedorento e ilegível que já tive a infelicidade de encontrar", afirmou Tom O'Shea.

"Bill?"

Os dois críticos estavam sentados ao lado do apresentador com a expressão bem séria.

"É uma coisa neuropática, neurastênica, platitudinosa, egrégia, insensata, estapafúrdia..."

"Dá para traduzir, Bill?", pediu o apresentador.

"Uma porcaria ilegível", resumiu Bill Sharp.

"Bom, vamos ouvir um pouco e tirar nossas próprias conclusões, certo?", falou o apresentador.

Foi exibida uma vinheta em que Daniel lia com toda a seriedade um trecho de *A poética do tempo*, diante de uma estante:

Os ventos assoviavam infernalmente e os pássaros berravam sob as pernas abertas de Veronica. Gorjeamos ferozmente. Os olhos dela estavam arregaladíssimos.

Um som de risos vazou do estúdio. Em seguida apareceram Tom O'Shea e Bill Sharp, às gargalhadas, e um Daniel absolutamente sem graça, se remexendo na cadeira entre os críticos e o apresentador.

18h30 Ai, meu Deus. Ouvi o som de uma chave mexendo na fechadura. Um assalto?

Ufa! Era minha mãe. Esqueci que tinha dado uma chave para ela.

"Olá, querida", ela disse, entrando com os braços carregados de sacolas de compras. "Pode pôr a chaleira no fogo!"

Minha mente começou a girar. "Elas são quentes, são mortais..."

"Estava na Debenhams fazendo umas comprinhas, entrei na seção de gestantes e... ta-nam!"

Ela sacou uma bata de grávida gigantesca — do tipo que a falecida princesa Diana usava quando estava esperando o príncipe William, numa época em que as mulheres precisavam esconder a barriga, e não a besuntar com spray de bronzeamento artificial para a fotografia de capa da *Vanity Fair*.

"Viu?", ela falou, pondo a peça na frente do meu corpo. "Você vai ficar muito melhor com uma roupa que cubra mais seu corpo, para não parecer tão..."

"Gorda?", concluí por ela.

"Bom, a nova mamãe ganhou alguns quilinhos, não é? Eu nunca tive esse problema, claro. O médico me fez comer mingau e manjar para ficar um pouco mais robusta."

"O bebê precisa se alimentar."

"Ele está dizendo: 'Não sou eu quem quer comer... é a mamãe!'"

"Para com isso. Por que você sempre me faz sentir como se tivesse feito alguma coisa errada? Por que está sempre tentando me convencer a me vestir de um jeito diferente?"

Ela despencou no sofá e começou a chorar.

"O que foi?", perguntei, dando um abraço nela.

"É essa história do bebê. Quer dizer, claro que quero estar ao seu lado, querida, mas bem que você poderia fazer isso como uma pessoa normal. Está tudo uma confusão. Tudo! Eu queria muito, muito sentar perto da rainha."

"Tudo bem, tudo bem", falei, segurando a mão dela. "Mas por que isso é tão importante para você?"

"A rainha sentar ao meu lado significa tudo para mim. Tudo mesmo. Trabalhei muito por Grafton Underwood durante toda minha vida de casada, cozinhando, preparando conservas e tudo o mais, e seria como..."

"Como um jubileu de diamante ou coisa do tipo?"

"Não de DIAMANTE, querida!"

"Como uma condecoração, foi isso que eu quis dizer. Um selo oficial de aprovação, sabe?"

Ela concordou com a cabeça, enxugando os olhos. "O almirante disse que a mesa da rainha vai ser decidida por votação. Então eu estava pensando que, se você conseguisse descobrir quem é o PAI... talvez o bebê SEJA do Mark, e seria maravilhoso se você fosse ao debate antes da votação e confirmasse isso. Você pode? Pode, querida? E iria também ao evento de escolha dos lugares nas mesas?"

"Mãe, tenho uma reunião importantíssima no trabalho amanhã de manhã. Preciso dormir."

"Tudo bem, eu tenho que ir. Mas você vai ao debate?"

"Vou tentar."

"E vai usar a bata?"

Por sorte, o telefone tocou.

"Melhor eu atender, deve ser coisa do trabalho", falei. "Tchau, mãe."
Ela me deu um beijinho e foi embora, deixando a bata.

21h Era Daniel. "Deus do céu, Jones, você viu aquele massacre? Foi uma tentativa de assassinato desde o início. O objetivo de vida do Bill Sharp é provar que leu de cabo a rabo o *Dicionário Oxford de palavras extintas e incompreensíveis para xingar as pessoas*. Quanto ao O'Shea, é pura inveja daquele monstro de olhos verdes. Eles não entenderam o conceito..."

Meia hora depois, Daniel ainda estava tagarelando, insistindo que "essa história do bebê me deixou meio passado. Eu teria acabado com eles se estivesse com a cabeça mais leve. Um livro como *A poética do tempo* não pode ser representado por uma vinheta de dez segundos e a opinião de dois imbecis ressentidos. Isso vai dar o tom para o que está por vir, o material já foi mandado para a imprensa, e logo vão começar a sair as resenhas. É como se tudo estivesse virando de pernas para o ar, parece que..."

Então recebi uma mensagem de texto:

MAGDA
Audrona arrumou um emprego como projetista de peças para a Airbus. Estou sem babá. Socorro! Posso ligar?

Em seguida chegou outra:

TOM
Acabei de ter uma discussão terrível com Shazzer por causa do lance do bebê. Ela falou que sou uma péssima pessoa. Sou mesmo? Posso ligar?

23h20 Quando finalmente desliguei o telefone, depois de uma série de conversas, chegou uma mensagem do Mark.

MARK DARCY
O que achou do quadro?

SEGUNDA-FEIRA, 20 DE NOVEMBRO

Redação do Sit Up Britain Estava me sentindo exausta sentada na sala de controle, vendo Miranda — impecável em seu terninho creme — entrevistar o novo ministro da Família como se não tivesse passado a tarde e a noite anteriores transando com um cara que conheceu em Hackney.

"Escute, Miranda", o ministro da Família disse, todo sério, "se quisermos oferecer oportunidades para as crianças, precisamos de estrutura: famílias fortes nos termos tradicionais, com pais confiantes e capazes, para instilar a ética da responsabilidade desde o berço."

Alguma coisa dentro de mim enlouqueceu.

"O senhor por acaso sabe o que significa ser solteiro hoje?", falei no ponto de Miranda.

"Ministro, o senhor por acaso sabe o que significa ser solteiro hoje?", ela repetiu.

"Hã, bom, sou casado há quinze anos, então..."

"Pois é!", gritei no ponto. "A coisa anda terrível. É uma guerra! Os homens estão mais egoístas do que nunca. O senhor faz ideia da RARIDADE que é receber uma MÍSERA mensagem de texto depois de transar com alguém?"

"Pois é!", repetiu Miranda. "Os homens estão mais egoístas do que nunca. O senhor faz ideia da RARIDADE que é alguém..."

Peri Campos tomou meu microfone. "Encerre a entrevista, Bridget enlouqueceu. Vamos adiantar o próximo bloco!"

Miranda continuou: "... depois de transar com alguém?".

"Eu mandei ENCERRAR."

"Muito obrigada, ministro, vamos ter que deixar essa pergunta para outra ocasião", disse Miranda, sem se deixar abalar. "E agora!" Ela virou rapidamente para a câmera três. "Eles são pequenos, são assassinos, são arredondados e podem ser encontrados às dúzias EM QUALQUER ESQUINA."

Imagens de ambulâncias, hospitais, pessoas vomitando e galinhas apareceram na tela.

Miranda olhou para mim de sua cadeira no estúdio, erguendo as mãos e formando as palavras "*Que porra foi essa?*" com os lábios, sem emitir som.

"Jordan!", gritei. "O ovo!"

O jovem Jordan, com seu coque, estava se revelando ainda pior que Julian. A vinheta estava quase acabando quando ele se aproximou de Miranda rastejando pelo chão.

"ovos!", ela disse no último instante, triunfal, segurando um ovo marrom pequeno, que estourou na sua mão e sujou todo o terninho creme.

"Eles... são frágeis, são gosmentos...", improvisei, desesperada.

"Eles são frágeis, são gosmentos...", repetiu Miranda.

"Já temos uma cena para o especial de Natal", continuei, em pânico. "Jordan. Cadê o cara do ovo, merda?"

"Já temos uma cena para o especial de Natal. Cadê o...", começou Miranda.

"Um simples ovo pode parecer inofensivo, apesar do potencial para fazer sujeira", continuei falando. "Mas novas pesquisas indicam que a ameaça gerada por ele pode ser... Jordan, põe o especialista em ovos na cadeira AGORA... mais séria do que imaginávamos... Certo, ele está posicionado! Miranda, pode voltar para o roteiro."

Eu me virei e vi que os olhos da Peri Campos estavam cravados em mim.

"Quem é arredondada e pode ser encontrada às dúzias em qualquer esquina é você", ela falou. "Era para cozinhar o ovo primeiro. Passe na minha sala depois do programa. Derrube a entrevista sobre os ovos. É uma chatice. Derrube a notícia sobre a Nigéria e passe direto para o biquíni da Liz Hurley."

19h. Banheiro do Sit Up Britain Estou sentada na privada, com a mão na barriga. Um bebê deveria ser motivo de alegria e felicidade na vida, mas parece que está indo tudo por água abaixo.

19h01 Preciso garantir para o bebê que está tudo bem. Mesmo que não esteja.

19h02 Está tudo bem, querido. Vai ficar tudo bem. Desculpe a confusão. Só trate de ficar quietinho e seguro aí dentro que vou dar um jeito em tudo.

19h03 Ai, Deus. Não está tudo bem. Não mesmo. Mensagens começaram a chegar em um ritmo frenético.

> MIRANDA
> Fomos demitidas?

> SHAZZER
> Tive uma discussão horrível com Tom. Pode falar?

> MAGDA
> Além de estar sem babá, acabei de ver a fatura do cartão de crédito do Jeremy, cheia de pagamentos em hotéis e lojas de lingerie. Me liga.

> MÃE
> Querida, só queria confirmar sua participação no debate. Me liga.

> BABACA DO DANIEL NÃO RESPONDER
> Me liga quando puder. Se não fosse o negócio do bebê, eu teria como me defender. Você acabou comigo. Agora precisa me ajudar.

PERI CAMPOS
Cadê você, porra? Na minha sala. Agora.

19h10 Melhor ligar para papai.

PARTE 11
"Não"

SEGUNDA-FEIRA, 20 DE NOVEMBRO

19h30. Ainda no banheiro do Sit Up Britain "Pare de passar o tempo todo tentando agradar os outros", meu pai disse ao telefone. "Você tem que cuidar do bebê, é nisso que precisa se concentrar agora. Temos que aprender a dizer 'não' na vida. Ou, melhor ainda: 'De jeito nenhum'."

"Mas e se...?"

"Você está cansada. Precisa cuidar de vocês dois. E dá para fazer isso enquanto escuta Daniel tagarelar sobre o livro dele, resolve a briga de Tom e Shazzer, pensa nos problemas de Magda com a babá e o marido, ou ouve sua mãe falar nessa porcaria de visita da rainha? Você não tem que suportar esse tipo de coisa na gravidez, um monte de gente sendo grosseira e fazendo milhares de perguntas. E vai fazer a idiotice que Peri Campos mandar?"

"Não."

"Só 'não'?"

"De jeito nenhum."

"Exatamente. De jeito nenhum."

19h45. Sala de Peri Campos Quando entrei, vi Richard sentado com cara de enterro, enquanto Peri Campos esbravejava: "Ela chega atrasada, é desorganizada, passa o tempo todo no banheiro e está arruinando meu programa: Bridget Jones!".

"Ei, isso não é justo", disse Richard. "Ela é a principal figura por trás do *Sit Up Britain* há..."

"Quieto, Richard, ou o próximo vai ser você."

"Fui demitida?", perguntei.

"Não, queridinha", Peri Campos respondeu. "Não vou demitir você. Só vou fazer com que faça seu salário valer. Vai chegar todo dia às oito da manhã. Vai ler os tabloides e as revistas de fofocas, vai esquecer os políticos e os problemas africanos e vai sugerir pautas assustadoras e sensuais que vão prender a atenção das pessoas. Elas podem gritar, se masturbar, qualquer coisa, mas não vão dormir vendo esse programa. Tudo bem para você?"

"Não", respondi. "De jeito nenhum."

"Bridget, calma lá", falou Richard, olhando com preocupação para minha barriga.

"O *Sit Up Britain* tem uma longa tradição de jornalismo sério", falei em um tom solene.

"Pois é, eu estava vendo alguns programas antigos", comentou Peri Campos. "Foi você quem tentou escalar um poste do corpo de bombeiros com a calcinha aparecendo, não foi? E depois pulou de parapente no esgoto?"

"Bom, o programa sempre teve momentos leves também, nem sempre intencionais", admiti.

"E a audiência foi às alturas com a calcinha dela", argumentou Richard. "Bridget tem uma bela bunda."

"Cale a boca", disse Peri Campos.

"Mas, ao longo de sua história", continuei, tentando imitar o tom do almirante Darcy, "o *Sit Up Britain* tem sido um pilar de jornalismo confiável para a nação, apresentando notícias nacionais e internacionais, e não estou disposta a entrar no frenesi de correr atrás de fofocas venenosas e fenômenos midiáticos bizarros, transformando manchetes perfeitamente sensatas em sensacionalismo barato."

"Isso significa que você está se demitindo?"

"Sim!", respondi. E imediatamente entrei em pânico.

"Excelente", decretou Peri Campos, enquanto Richard me olhava horrorizado.

"O conceito de ajustes é ótimo, porque permite soluções com atrito zero", disse Peri Campos.

"Atrito zero? Isso não é uma marca de lubrificante?", perguntou Richard.

TERÇA-FEIRA, 21 DE NOVEMBRO

21h. Em casa Recebi uma série de telefonemas:

"Mas, querida, eu já falei para todo mundo que você vem. Vai dar tudo certo. Já acertamos os ponteiros com o pessoal... Por favor, Bridget, preciso de você aqui."

"Vamos lá, Bridge. Você está ficando muito chata. Sempre disse que nunca ia virar uma mãe exibida, e olha só o que está acontecendo. Não vai ser a única sem beber, tem os ex-alcoólatras também."

"Mas, Bridget, você precisa fazer um chá de bebê. A Woney, a Mufti, a Caroline..."

"Você tem que vir para casa no Natal! Pode dormir no quarto de hóspedes. Una e Geoffrey vão vir e..."

"Mas, Jones, você sempre foi meu ponto de apoio. Ninguém me leva a sério. Estou acabado. Preciso de uma mulher e de filhos para cuidar de mim na velhice. Não posso virar um bon vivant de meia-idade, totalmente ultrapassado, tentando afirmar minha vitalidade sexual com as filhas dos meus amigos."

"Não", eu falei para todos. "De jeito nenhum."

PARTE 12

Fazendo limonada

Fiquei na minha. Durante o resto de novembro, dezembro e janeiro me mantive reclusa.

Não saí de casa nem no Natal. Não fui a lugar nenhum, não comprei nada. Fiquei vendo TV e falando ao telefone. Nada de Grafton Underwood. Nada de peru ao curry. Nada de me torturar por causa da minha vida amorosa. Não, de jeito nenhum. Foi ótimo.

Pareceu muito mais fácil dizer não com um bebê dentro de mim, porque não me senti egoísta. Foi como se estivesse fazendo algo por ele.

SEGUNDA-FEIRA, 15 DE JANEIRO

15h Meu pai veio colocar o gigantesco carrinho Bugaboo que ganhei da Magda na garagem. "Você vai precisar de um lugar maior. Quando o bebê chega, é como se fosse um gatinho... pode não ocupar tanto espaço, mas os apetrechos que vêm com ele... Basta colocar o pequeno para dormir, trocar as fraldas e amamentar que vai ficar tudo certo. Como vai Mark, aliás?"

"Ainda está louco. Pedi para ele parar de ligar. Pedi o mesmo para o Daniel. Não aguento mais falar de quadros ou livros."

Meu pai ofereceu uma ajuda financeira. Recusei, porque sei que eles estão sempre um pouco apertados. É estranho o quanto me sinto calma, apesar de ter perdido o emprego. E não é só felicidade por conta do bebê. Tenho algumas economias guardadas, não o suficiente para mandar pintar afrescos à mão nas paredes do quarto dele, como fez Magda, ou comprar um berço com cortinas em volta, ou um apartamento maior em que o carrinho Bugaboo caiba. Mas o suficiente para pagar a hipoteca por alguns meses. Não preciso de muito para viver — estou economizando HORRORES sem comprar vinho e cigarro. Além disso, posso fazer uns frilas como repórter ou assessora de imprensa quando estiver melhor. Ou até como atendente de telemarketing. Posso fazer um sotaque indiano e fingir que estou em Mumbai! Ou posso ser uma dessas mulheres que se passam por modelos peitudas de dezoito anos para ganhar dinheiro fazendo sexo pela internet.

E tem tanta coisa em casa que preciso limpar e esfregar. Tipo, é inacreditável. Tudo o que eu olho está um nojo. Passei literalmente o dia todo limpando os armários da cozinha antes de meu pai chegar. Foi recompensador.

E o engraçado é que, agora que reduzi minha vida a mim e ao bebê, tudo está mais simples e melhor. Não preciso me preocupar com as convenções sociais ou com quem saiu com quem. Toda manhã tomo café e como um croissant de chocolate num lugar na esquina, leio o *Pequeno manual de instruções de Buda* ou *O que esperar quando você está esperando*, tomo a resolução de comer mais alimentos versáteis, vou à aula de ioga para gestantes e tento fazer os exercícios sem peidar. Em seguida volto à faxina e como batata recheada. Às vezes tenho consulta com a dra. Rawlings. Ela diz que estou muito bem e que, na opinião dela, às vezes um pai pode ser um tremendo aborrecimento.

Pouco a pouco, as amizades foram voltando a fazer parte da minha rotina. Miranda geralmente vem aos domingos tomar café da manhã comigo, voltando de uma noitada, às vezes com algum gatinho bêbado a tiracolo. Tom vem às terças-feiras bem cedo, porque tem um paciente perto da minha casa. E Shazzer vem aos sábados antes do almoço para esbravejar contra a mais recente baboseira do caralho que está perturbando a cabeça dela, porra.

Minha mãe resolveu basear a campanha dela em torno do conceito de inclusão e conseguiu o apoio dos dois gays da paróquia. Agora quando me liga vai logo falando: "É tão moderna essa coisa de ter dois pais... Nenhum deles é negro, querida?".

Magda sempre aparece com novos apetrechos para o bebê, o que é ótimo. Mas ela fica dizendo a *toda hora*: "Acho que vai ser muito difícil para você fazer isso sozinha, Bridge". Aí começa a chorar por causa das traições de Jeremy. Mas não tem problema, porque ela não exige mais nada de mim além de escutar.

Se está tudo tão bem agora é porque, usando as palavras do papai: "O bem-estar vem de dentro, não de fora".

PARTE 13

Caindo na real

SEGUNDA-FEIRA, 29 DE JANEIRO

15h Totalmente pronta para o bebê, apesar de ainda faltarem sete semanas. Terminei de arrumar minhas coisas. Separei o seguinte:

- 3 bolsas de lona contendo roupas, artigos de banheiro, bolas de tênis etc.
- 1 jogo de palavras-cruzadas
- 1 baralho
- 1 aparelho de DVD portátil
- 1 sacola contendo 5 livros, 8 revistas, 24 DVDs
- 1 laptop
- 1 iPod
- 1 cronômetro (para marcar as contrações)
- 1 garrafa de chardonnay (para depois do parto, claro)
- 1 saca-rolhas
- 1 caixa de bombons
- 3 batatas recheadas para micro-ondas
- 1 saco de picolés (no freezer) para ajudar a suportar a dor

Acho que é isso. Mas ainda parece estar faltando alguma coisa.

QUARTA-FEIRA, 31 DE JANEIRO

21h Estava lendo o *Pequeno manual de instruções de Buda* outra vez:

> *Se esperar a água turbulenta se acalmar, ela vai ficar clara. Se deixar sua mente turbulenta se acalmar, seu caminho também vai.*

TERÇA-FEIRA, 1º DE FEVEREIRO

5h Sinto falta de Mark Darcy.

8h "Estava esperando essa ligação", disse papai. "Você ama Mark Darcy?"

"Mais do que qualquer coisa no mundo... Quer dizer, fora o bebê. E você, claro."

"Então está esperando o quê?"

"Bom, para começo de conversa, ele está pirado, perambulando pela casa no escuro pintando quadros. Além disso, já terminou comigo várias vezes, por motivos que nunca entendi, e acho que se eu me aproximar de novo ele vai fazer a mesma coisa. Por que Mark tinha que ser tão dramático na festa de noivado e bagunçar nossa vida inteira? Por que me ignorou daquele jeito depois do batizado? Por que me mandou aquela carta horrorosa e fria depois do curso de gestantes? Não sou inteligente o bastante para ele. Ou talvez seja velha demais. Nunca corra atrás de um homem, isso só traz infelicidade."

"Vocês mulheres têm uma opinião tão elevada sobre nós", comentou meu pai. "Já parou para pensar em como ele se sente? Também temos sentimentos, só não falamos disso o tempo todo. É preciso nutrir a autoestima da outra pessoa. Fale com ele. Não fique aí parada esperando que alguém te salve."

"Mas por que Mark sempre some? Por que ele pirou?"

"Isso você vai ter que entender, meu amor. Mas eu conheço Mark desde garotinho. Eu o via indo para a estação de trem, de terninho, carregando sua mala. Depois o vi adolescente, sempre quieto, isolado, com roupas comportadas. Era um mocinho exemplar, mas nunca conquistava a mocinha. Você vai entender tudo. Você vai ver."

10h Parece que a balança está começando a se equilibrar. Bom, não literalmente uma balança. Uma vez na vida não estou falando de peso. O caso é que estou percebendo que sempre vi os homens como deuses todo-poderosos, com o dom de determinar se sou atraente ou digna de atenção, e não como seres humanos. Nunca pensei nos sentimentos deles. Preciso... preciso... ai, estou com tanto sono.

SÁBADO, 3 DE FEVEREIRO

5h. Em casa Eu entendo. Entendo mesmo, acho. A questão é o que Daniel representa.

QUARTA-FEIRA, 7 DE FEVEREIRO

5h. Em casa Mas ainda acho que foi extremamente cruel me mandar aquela carta. Quer dizer, não fui eu que dei showzinho no curso de gestante, foi Daniel. Por que descontar em mim daquele jeito? Cretino.

TERÇA-FEIRA, 13 DE FEVEREIRO

5h. Em casa Não tive coragem de ligar. Simplesmente não tive. Não suportaria a rejeição.

QUARTA-FEIRA, 14 DE FEVEREIRO

13h. Em casa Argh! É uma da tarde. Estou morrendo de fome, e o bebê também. Preciso levantar e comer alguma coisa.

13h05 Argh! O que foi isso?

13h06 É o bebê na minha barriga. Está começando a parecer que tem um peru congelado gigante dentro de mim.

13h10 Não consegui pôr as meias, o bebê está imenso.

13h30 Ai, Deus. Não tem comida na geladeira. Não fui ao banco sacar dinheiro. Estou morrendo de fome. O bebê também.

13h31 Só preciso deitar um pouquinho.

13h55 Demorei dez minutos para levantar do sofá, por causa da barriga. Magda tem razão, não vou conseguir fazer isso sozinha. Não posso ligar para Mark depois de tanto tempo, vai parecer que estou desesperada, não que estou apaixonada por ele e finalmente entendo como se sente. Preciso me virar sozinha e arranjar alguma coisa para comer.

15h. Na loja de departamentos "É menino ou menina?", perguntou uma atendente enquanto eu tentava alcançar uma batata recheada de micro-ondas.

"Menino!"

"Para quando é?"

"Março", respondi. Agora que minha gravidez é mais aparente do que nunca, comecei a me sentir não como a rainha, mas como uma aeromoça (só que num corpo de elefante), dizendo a mesma coisa para todo mundo que passa com um sorriso estampado no rosto.

"Para quando é?"

"Março. Obrigada por escolher nossa companhia aérea", respondi, distraída.

"É menino ou menina?", perguntou a moça do caixa enquanto registrava minhas compras e eu tirava o cartão de crédito da bolsa.

"Menino, é para daqui a dois anos. É um elefante", falei, enfiando o cartão na maquininha e acrescentando: "Você pode pôr mais cinquenta libras na conta e me dar em dinheiro, por favor?"

"Pode digitar a senha."
Fiquei olhando para a moça, paralisada.
"É só pôr a senha aqui."
As pessoas atrás de mim na fila começaram a murmurar coisas.
"Essas grávidas! Sempre esquecendo as coisas!"
"Acho que é menina, ela está bem assimétrica."
"Será que ela está bem?"
"Vamos lá?", me apressou a moça do caixa.
"Não consigo lembrar a senha."
Comecei a apertar várias combinações aleatórias. Meu aniversário? Não. Meu peso de verdade e meu peso ideal? Não. O bebê devorou a parte do meu cérebro em que estava a senha.
"Ela está atirando com balas de festim. Não vai acertar nunca", disse o homem atrás de mim.
Balas de festim. Balas de festim.
"Você tem outro cartão?"
"Não", respondi, remexendo na carteira em busca de dinheiro. Encontrei uma única moeda lá. "Posso vir pagar mais tarde?", tentei, atropelando as palavras. "Venho sempre aqui. Pode confiar em mim. Eu trabalhava na TV... no *Sit Up Britain...*"
"Desculpa, mas não dá."
Eu não deveria ter dito que o bebê era um elefante.

Balas de festim. Foi isso que Daniel falou depois do curso de gestantes, deixando Mark superirritado. Quando olhei para os dois pelo vidro traseiro do táxi, vi Daniel falando mais alguma coisa, então Mark foi embora. Alguma coisa aconteceu. Foi naquela mesma noite que Mark me mandou a carta.
Saquei meu celular, ainda na loja de departamentos.
"Daniel?"
"Estou prestes a dar uma entrevista sobre *A poética do*

tempo para o programa de artes mais importante de Mônaco, Jones, mas pode falar. Está precisando de alguma coisa?"

"Sabe depois do curso de gestantes?"

"Sei, sim."

"O que você falou para o Mark?"

Houve um silêncio do outro lado da linha.

"Daniel?", falei em um tom ameaçador.

"Pois é, eu ia ligar para você para falar sobre isso. Posso ter insinuado para o Darcy que, quando realizamos o agradável ato que terminou na concepção do bebê, eu não estava, sabe como é, *trajado para a ocasião...*"

"Você o QUÊ? Mas usamos camisinha, sim. Você mentiu de propósito! Seu idiota!"

"Qual é, Jones? Era só o Darcy. Opa. Preciso desligar. O pessoal de Monte Carlo está na outra linha. *Bonjour, les petites Monacaines!* Tchau, Jones."

Foi isso! Fiquei parada na entrada da loja, com uma multidão de pessoas fazendo compras passando por mim. Mark deve estar achando que eu menti sobre as camisinhas. Preciso ligar imediatamente, antes que algum absurdo aconteça. Ele pode ter reatado com Natasha. Pode ter ido embora para o Magreb para nunca mais voltar. Pode ter se tornado um artista de sucesso e estar conversando agora mesmo com um galerista em Shoreditch, usando uma roupa estranha e uma boina.

15h30 Ai, merda. Ai, merda! O iPhone desligou sozinho. Não consigo lembrar a senha.

15h45 Em casa Muito bem. Estou calma e recomposta. Vou deixar minha mente turbulenta se acalmar e... Qual é a porra da senha???

15h46 A data prevista para o nascimento do bebê? 1703? 0317? Não. Eu nem sabia que estava grávida quando criei a senha. Certo. Quando eu tinha trinta e dois anos, Mark... não. Quando eu tiver sessenta e cinco anos, Daniel... vai continuar um babaca. Ai, Deus. Ai, Deus. Preciso falar com ele.

15h47 Já sei! Vou ligar do bom e velho telefone fixo.

15h48 Ah. Qual é o número do Mark?

16h Talvez esteja na agenda do computador.

16h05 Eis que surge na tela do computador: INSERIR SENHA.

16h15 Bebê? Mark. MarkDaniel? Queijo? Batata? Batata recheada com queijo?

16h30 O bebê comeu todos os números que eu tinha na cabeça. Não consigo lembrar o telefone da Shazzer, do Tom ou do meu pai. Não tenho dinheiro. Não tenho cérebro.

17h Olhando fixamente para a parede. Não é culpa do bebê. É da tecnologia.

17h30 Grrr! Odeio tecnologia. Queria que nunca tivessem inventado isso. E daí se a gente não consegue lembrar números sem sentido ou letras aleatórias? É a mesma coisa que os alarmes antifurto, que na verdade *aumentam* a possibilidade de roubo, porque disparam o tempo todo e irritam tanto as pessoas que ninguém dá bola quando o carro é roubado de verdade. As senhas existem para impedir que hackers russos invadam seu computador — não para impedir VOCÊ de acessar seu próprio computador quando precisa de alguma coisa enquanto os hackers russos continuam hackeando do mesmo jeito.

18h30 Por favor, bebê. Devolve as senhas para aquilo que restou do meu cérebro, assim vou poder dizer a Mark que sou apaixonada por ele e que quero que seja seu pai, e — principalmente — para eu poder comprar uma batata recheada e alimentar você.

Então, de repente, tudo voltou.

2823

Olhei para os números e as letras no telefone fixo.

2823

C VC E
Como VoCê É

18h45 Voei para o celular e encontrei o número de Mark nos meus contatos. Com as mãos trêmulas, liguei para ele. Caiu na caixa de mensagens.

"Mark, é a Bridget. Tenho uma coisa muito, muito importante para dizer. Eu não menti sobre as camisinhas. Foi Daniel quem mentiu. Eu te amo. Por favor, me liga. Por favor."

18h46 Nada. Talvez Mark tenha esquecido sua senha.

19h Mandei a mesma mensagem por escrito. Talvez ele ainda esteja pintando. Talvez seja melhor ir até lá. Ai, Deus. Preciso arrumar um telefone, quer dizer, comida. Talvez seja melhor sacar dinheiro antes, só para garantir.

Arrasada, devastada, fui até o caixa eletrônico. Passei pela porta automática, pus a bolsa no chão e inseri a senha. Não funcionou. Por que não? Talvez eu tenha colocado o número errado muitas vezes na loja de departamentos. Cambaleando, como se estivesse em um sonho, voltei para a rua. No momento em que a porta automática fechou, vi que tinha deixado minha bolsa lá dentro.

Ai, Deus. Ai, Deus. O celular estava na bolsa, assim como a carteira e as chaves.

E não dava para abrir sem passar o cartão.

20h30. Sentada nos degraus de entrada do prédio Essa ideia de usar os limões que a vida te dá para fazer uma limonada é pura baboseira. Magda tem razão.

20h35 Começou a chover — muito, muito forte.

20h40 E se eu pedisse para algum bom samaritano me emprestar o celular? Mas de que adiantaria, se não sei o número de ninguém? Quem sabe nesse meu estado sonâmbulo... Opa, tem um homem vindo!

"Com licença", falei, mas ele só me jogou uma moeda e continuou com o passo apressado, parecendo estar com medo. Deve ter achado que eu era uma grávida desesperada, tipo a Fanny Robin de Thomas Hardy morrendo na neve.

Quando ouvi passos se aproximando, levantei a cabeça, exausta, e vi mais uma vez uma silhueta familiar com um sobretudo azul-marinho caminhando na minha direção em meio à chuva.

PARTE 14

Reconciliação

QUARTA-FEIRA, 14 DE FEVEREIRO

"O que você está fazendo parada na chuva?", perguntou Mark, correndo na minha direção. Ele me ajudou a levantar e tirou o casaco. "Não consegui atender sua ligação. Estava no tribunal."

"No tribunal? E suas pinturas?"

"Eram uma porcaria. Não vamos falar mais nisso. Estou ligando sem parar desde que peguei seu recado."

"Meu celular está na bolsa, que ficou presa no banco."

"Sua bolsa ficou presa no banco? Aqui, ponha isso."

Ele colocou o sobretudo nos meus ombros.

"Por que está sentada do lado de fora? Onde estão suas chaves?"

"Na bolsa dentro do banco."

"Na bolsa dentro do banco. Muito bem. Não vou perguntar de novo. Certo! Nada de excepcional."

Ele sacudiu a porta algumas vezes e tentou abrir a fechadura usando o cartão de crédito.

"Muito bem", falou, "provavelmente vou ser expulso da ordem dos advogados por isso, mas lá vamos nós."

Ele quebrou a janela lateral com o punho e abriu a porta por dentro.

Comecei meu discurso enquanto subia a escada.

"Estou muito feliz em ver você. Eu não estava mentindo. Jamais mentiria sobre isso. Usei camisinhas ecológicas nas duas vezes. Percebi que sofri uma lavagem cerebral por causa das coisas que aconteceram durante esses anos todos e de todos os livros de autoajuda e conselhos amorosos que diziam que o caminho para o coração de um homem é fingir desinteresse. Achei que não se podia mostrar a alguém o quanto está apaixonada a não ser que saiba que ele também goste de você e..."

Obviamente a porta do apartamento também estava trancada. Mark sacou o cartão de crédito e conseguiu abrir.

"Acho que precisamos melhorar a segurança aqui. O que você estava dizendo mesmo?"

"Que achava que não podia deixar você saber que ainda gostava de você."

Ele ficou completamente imóvel e calado.

"Mark?"

"Sim?"

"Eu te amo."

"Você me ama?"

"Sim. Desculpa. De verdade."

"Não, *eu* é que peço desculpas."

"Não, *eu* é que peço desculpas."

"Mas tive tanta culpa quanto você", ele falou.

"Não. Foi tudo culpa minha. Agora que vou ter um *filho*, percebi — nesse caso e em muitos outros — que preciso parar de me comportar como uma criança."

"Bom, você não se comportou exatamente como uma criança", ele disse.

"Verdade. Uma criança não fica bêbada daquele jeito."

"Isso seria bem alarmante." Ele sorriu e pegou a garrafa de chardonnay. "Isso é para o bebê?"

"Mark, o que estou tentando dizer é que sinto muito por magoar você..."

"Mas isso não faz sentido, eu também magoei você. Nós dois precisamos nos descul..."

"Posso terminar meu discurso?", perguntei.

"Sim."

"Desculpa."

"Nós já discutimos isso."

"Mark, para. Me escuta. Para de ser um advogado por um instante, para de ser um cavalheiro. Seja só uma pessoa."

Ele pareceu confuso por um instante, como se estivesse tendo outra crise de identidade.

"É você que eu amo", falei. "Aconteça o que acontecer, seja qual for sua decisão, sempre vou amar você. Já tenho um bom tempo de vida. De todas as pessoas que conheci neste mundo, você é a melhor, a mais gentil, inteligente, sensata e profunda." Percebi que ele ficou um pouco decepcionado com os elogios. "Além disso", acrescentei às pressas, "é o cara mais gostoso, bonito e charmoso do mundo." Depois disso ele pareceu realmente lisonjeado. "E o mais elegante! E melhor de cama!" Mark ficou radiante. "Você é a pessoa que mais amo no mundo", continuei, "fora o bebê, e, do fundo do meu coração, é quem quero que seja o pai dele." Pensei por um instante. "Quer dizer, é claro que Shaz, Tom e Miranda dizem que você é reprimido, evasivo, só sabe falar de trabalho, está sempre no telefone e..."

"Sou arrogante e esnobe e emocionalmente travado", acrescentou Mark, envergonhado.

"Mas eles estão completamente enganados. A verdade é que eu te amo muito..."

"Então, se eu fizer alguns ajustes, tentando ser mais espirituoso, espontâneo, divertido..."

"Não", respondi. "Gosto de você como você é."

"Essa fala é minha."

O alarme do detector de fumaça disparou.

"Merda, o curry."

"Você fez CURRY?", perguntou Mark, assustado de verdade. "Feliz Dia dos Namorados, aliás."

"Não, comprei no Pink Elephant. É DIA DOS NAMORADOS? Esqueci que tinha colocado no forno anteontem para esquentar", gritei por cima do alarme do detector de fumaça.

Uma fumaça acre saía do forno.

Mark milagrosamente se lembrou do código do alarme, enquanto dizia: "Sim, é Dia dos Namorados". Ele ligou o exaustor e abriu as janelas. Quando o alarme parou, Mark abriu o forno e tirou de lá a embalagem derretida de plástico.

"Sabe uma das coisas que mais amo em você, Bridget?"

"O quê?", perguntei, toda empolgada, imaginando que seria elogiada por minha inteligência e beleza.

"Mesmo nos conhecendo há tanto tempo, nunca fico entediado na sua companhia."

"Ah", falei, me perguntando se aquilo era bom. Tipo, na escala de motivos para uma pessoa ser apaixonada por outra.

"Foram várias experiências de quase morte, fogo — na cama e na cozinha —, desejo, fúria, coração partido, humilhação, vergonha, êxtase, bolo, confusão com sua lógica pessoal idiossincrática, ainda que perfeitamente válida, insultos bêbados, arrombamentos forçados, brigas, infrações da lei, prisões de Terceiro Mundo, festas familiares, vômitos e apuros profissionais, mas nem por um segundo fiquei entediado."

Mark percebeu meu olhar.

"E eu sou inteligente?", perguntei.

"Muito, *muito* inteligente. Dona de um intelecto gigantesco."

"E sou bonita e magra?", perguntei, esperançosa.

"Muito, muito bonita e muito magra, apesar de estar totalmente esférica agora. Você tem sido uma verdadeira heroína nos últimos oito meses, fazendo tudo isso sozinha em meio a toda a palhaçada rolando ao seu redor. É muito corajosa e simplesmente magnífica. Mas agora vai ter minha companhia, quem quer que seja o pai biológico. Eu te amo, e amo nosso filho."

"Também amo vocês dois", respondi, extasiada.

Foi o melhor Dia dos Namorados da minha vida. Mais tarde, pedimos comida chinesa e comemos na frente do fogo (dessa vez, limitado à lareira). Conversamos, conversamos e conversamos — sobre tudo o que aconteceu e os motivos. Fizemos planos. Decidimos ficar no meu apartamento, para não causar muita comoção logo de cara.

"É confortável", disse Mark. "E eu gosto de cozinhar."

Mark ficara sabendo da situação no *Sit Up Britain* através de Jeremy, e conversamos sobre Richard Finch e Peri Campos. Ele falou que o que tinha acontecido não era ilegal, mas — como Peri Campos no fim admitiu — também não era ético, e me contou o que eu precisaria fazer para ter meu emprego de volta e receber a licença-maternidade.

Tudo pareceu muito fácil e simples, como deveria ser. Me senti de novo em casa. E aí fomos para a cama. E foi, como Miranda diria, *um arraso*.

"Mulheres grávidas não transam desse jeito", disse Mark.

"O caralho que não transam."

PARTE 15

Sua majestade salva o dia, ou quase isso

SÁBADO, 3 DE MARÇO

14h. Auditório de Grafton Underwood. Resultado da votação para quem além do vigário vai se sentar ao lado da rainha durante o almoço Mark e eu entramos no auditório por portas separadas, para não chamar a atenção. Minha mãe estava no palco, falando ao microfone.

"Lorde prefeito, lorde auxiliar de sua majestade", começou minha mãe, com uma voz nervosa e aguda, bem diferente de seu tom habitual, tranquilo e mandão.

"Protesto!" Mavis Enderbury ficou de pé em um pulo. "É apenas auxiliar, não lorde auxiliar."

"Ai, meus ancestrais, perdão." Minha mãe estava perdendo a compostura. "Enfim, temos aqui nosso comandante dos mares, o capitão do barco de Grafton Underwood, o almirante Darcy!", anunciou minha mãe, que parecia abalada quando voltou ao seu lugar.

O pai do Mark, alto e ainda bonitão em sua farda de almirante, se dirigiu a passos largos para o palco.

"Muito bem! Vamos em frente. Sobre a distribuição de lugares", ele anunciou com sua voz retumbante. "Tenho a satisfação de anunciar que à esquerda de sua majestade vai ficar, obviamente, o vigário, e à direita, como resultado de nossa votação..."

O salão inteiro se agitou quando o almirante sacou um envelope fechado com um antiquado lacre de cera vermelha.

"À direita de sua majestade", o rosto dele se abriu em um sorriso afetuoso, "vai ficar uma mulher que trabalhou a vida toda em prol de Grafton Underwood... e cujo salmão vem nos mantendo alimentados há décadas: sra. Pamela Jones."

"Protesto!" Mavis Enderbury ficou de pé outra vez, com o rosto contorcido de raiva sob o penteado tigelinha.

"Podemos, por favor, pensar não em nós mesmos, mas na líder de nossa Igreja e de nosso Estado, sua majestade real?", disse Mavis. "Não queremos que a representante de Grafton Underwood, que vai se sentar à direita de sua majestade e desfrutar de sua companhia real, seja alguém que represente nossa decência e nossos valores familiares? Ou queremos que seja a mãe adúltera de uma mulher grávida e solteira, que não sabe nem quem é o pai do bebê, que pode até ser negro?"

Houve uma comoção quando Mavis se virou diretamente para mim, atraindo os olhares de todos. Mark foi em direção ao microfone, mas Grafton Underwood já estava expressando sua opinião.

"Que vergonha, Mavis", rugiu tio Geoffrey. "Que conversa racista e idiota. Bridget é uma ótima moça, com uns belos..."

"Geoffrey!", disse tia Una.

"Vejam o caso de Joanna Lumley", disse meu pai enquanto levantava. Todos ficaram em um silêncio respeitoso. "Ela foi mãe solteira e não falou para ninguém o nome do pai durante anos."

"Verdade, uma grande mulher", comentou Penny Husbands-Bosworth.

"Exatamente. De família militar", concordou o almirante Darcy.

"A Virgem Maria não sabia quem era o pai do bebê!", disse minha mãe, esperançosa.

"Sabia, sim!", retrucou o vigário. "Era Deus."

"Sim, mas Grafton Underwood inteira dizia que era o arcanjo Gabriel", argumentou meu pai.

"Ou Jesus", arrisquei, querendo ajudar.

"Jesus era o *bebê*", gritou Mavis Enderbury.

"A questão aqui é que as pessoas fofocam", disse meu pai, com educação, mas de maneira firme. "E isso não é certo."

Mark subiu ao palco, com sua postura de advogado.

"O sr. Colin Jones foi direto ao ponto", ele falou com sua voz trovejante. "Vivemos em um país que já foi conhecido por seu valor, mas é cada vez mais governado pelas fofocas, bem exemplificadas por certas publicações da imprensa. Mas aqui, no auditório de Grafton Underwood, vemos o que já significou — e ainda deve significar — ser britânico."

Houve um ruído generalizado, apesar de não ficar claro o motivo.

"Vejam o caso de sua majestade em pessoa", continuou Mark.

Todos se empertigaram na cadeira, cheios de expectativa, como um bando de suricatos.

"Pensem no que precisou suportar dos tabloides quando sua família se envolveu em casos de infidelidade. Vejam como ela encarou tudo bravamente, sem deixar de amar sua família, como uma pessoa leal, decente e responsável, porém flexível, como deve ser. Nossa atenção é constantemente distraída pelo glamour e pelo brilho do progresso. Mas precisamos nos manter ancorados em quem somos, em nossa força, decência e resiliência, sem julgar ninguém. E digo isso agora a vocês não apenas como um filho de Grafton Underwood, mas também..." — ele olhou para mim e sorriu — "como o pai..." Os murmúrios se espalharam pelo auditório. "Sim, sim... quem quer que seja o pai biológico — e ainda não sabemos quem é —, Grafton Underwood está prestes a ganhar um novo neto."

Todos aplaudiram.

"Senhoras e senhores", disse o almirante, visivelmente emocionado, mas conseguindo se segurar. "Essa pode não ser exatamente uma atitude regimental, mas vamos fazer outra votação. Todos a favor de Pamela Jones se sentar à direita de sua majestade durante o almoço levantem a mão."

Todos o fizeram, inclusive Mavis.

"Moção aceita. Pamela Jones vai se sentar à direita de sua majestade."

Houve aplausos e gritos. Então o almirante Darcy virou para Mark e o *abraçou*.

"Muito bem", gritou o tio Geoffrey.

O velho almirante parecia todo sem jeito.
"Eu te amo, filho", ele disse. "Sempre amei."
"Também te amo, pai."
"Enfim. Muito bem. Vamos em frente."

Como Mark disse no carro, quando enfim nos desvencilhamos dos abraços em meio às lágrimas: "A coisa toda era tão absurda que foi difícil para qualquer um manter um mínimo de contato com a realidade".

Mas foi bom termos vivido aquilo juntos. E veja só, Billy, é por isso que quero que você saiba o que Mark disse naquele dia. O mundo em que você vai entrar é bem diferente, gira em torno de quantas curtidas a pessoa ganha no Facebook, onde todo mundo se exibe em vez de compartilhar suas tristezas, seus medos e seus verdadeiros sentimentos; só importa "curtir" os mais famosos, os mais ricos, os mais bonitos, e não seu amigo mais gentil e dedicado. Você é a nova geração de Grafton Underwood. E é bom que saiba que Mark e eu vamos servir peru ao curry, ir a brunches com karaokê e tentar casar você com a neta da Una Alconbury.

PARTE 16

Gravidez psicológica

SEXTA-FEIRA, 16 DE MARÇO

7h. Em casa O bebê chega amanhã. Estou empolgadíssima.

SÁBADO, 17 DE MARÇO

19h. Em casa O bebê ainda não chegou.

SEGUNDA-FEIRA, 19 DE MARÇO

O bebês.

QUARTA-FEIRA, 21 DE MARÇO

17h. Em casa O bebê *ainda* não veio. Estou me sentindo uma criança sentada no penico sem conseguir fazer cocô enquanto os adultos esperam, cada vez mais impacientes, na porta do banheiro. Talvez seja mesmo um elefante. Talvez eu demore dois anos para parir.

TERÇA-FEIRA, 22 DE MARÇO

16h. Em casa O bebê não chegou. Está ficando bem incômodo: é como ter um avestruz congelado dentro de mim.
Talvez ele resolva sair de uma vez, como em *Alien*, abrindo um buraco na minha barriga e aparecendo já como um garotinho formado, pedindo o iPad e gritando: "Só quero terminar esse níííííível!".

SEXTA-FEIRA, 23 DE MARÇO

7h. Em casa "Quer que eu faça curry?", falei para Mark, cheia de expectativa, enquanto ele se arrumava para ir trabalhar.

"Nããa! Curry, não. Estou traumatizado para o resto da vida. Por que você não se prepara... um pouco mais?"

8h Muito bem. Vou verificar as coisas da maternidade de novo. Talvez eu precise de uma quinta bolsa, uma malinha de mão para... Ah, telefone!

"Ai, querida, estou tão animada. A rainha vem hoje à tarde. Não acredito que esteja acontecendo de verdade. Algum sinal? Eu estava pensando no que você e Mark disseram, sobre o bebê se chamar William. Meio convencional, não? Que tal Maddox? Sabia que Ramon é 'amor' escrito ao contrário? Não é o máximo?"

"O máximo", falei, entediada, escrevendo RAMON em um pedaço de papel. "E não é, não. 'Roma' ao contrário é 'amor'."

"Não diga bobagens, querida. Já experimentou aquele óleo de fígado de bacalhau? Ah, preciso me apressar! O representante do Palácio está aqui! Bridget! Eu vou mesmo sentar ao lado da rainha!"

De repente, senti vontade de chorar. Depois de tantos meses de trabalho, o sonho dela — por mais pirado que fosse — ia virar realidade. "Boa sorte, mãe. Aproveite o momento. Você merece. Deixe a rainha encantada."

9h O bebê ainda não veio. Estou me sentindo fracassada. Talvez tudo não passe de gravidez psicológica e... Eba! Telefone de novo.

Era Magda, com um tom de voz estranhamente frio.

"Acho que Miranda e Shazzer devem ter ficado sabendo, apesar de eu ter ajudado você durante toda a gravidez. Mas elas são mais divertidas, não é?"

"Do que está falando?"

"Do bebê. Você nem me avisou, depois de tudo o que eu fiz."

"O bebê ainda não chegou", falei.

"Ah! Pensei que você tivesse esquecido de me incluir na lista. Mas já passou uma semana da data! Assim você vai explodir. Precisa tomar alguma coisa para induzir o parto."

"Que lista?"

"Você não preparou uma lista de e-mails para anunciar o nascimento? Então precisa fazer isso agora mesmo. Não vai conseguir dar conta depois do parto."

10h Magda tem razão. Não vou *querer* escrever e-mails em meio à alegria de ter um bebê recém-nascido.

10h05 Se é que esse bebê realmente existe.

Meio-dia Certo. Acho que agora incluí o e-mail de todo mundo.

Mark e Bridget têm o prazer de anunciar...

12h15 Pensando bem... não contamos para muita gente que estamos juntos, e não quero deixar Daniel chateado, ele ainda pode ser o pai biológico.

12h30

Bridget tem o prazer de dar boas-vindas ao mundo...

Bizarro.

12h45

Senhoras e senhores, por favor recebam...

Não. Fica parecendo um locutor de formatura. Talvez algo mais moderno?

13h

> De: Bridget Jones
> Assunto: Bebê!
> É um menino! Bridget Jones deu à luz um menino com três quilos e meio chamado William Harry. Mamãe e bebê passam bem.

13h15 Parece convencional demais.

> P.S. Bridget morreu no parto.

13h16 Hehehe. Certo, SALVAR.

13h17 Ai, meu Deus. Ai, meu Deus. Apertei ENVIAR.

15h Desastre total. Telefones tocando sem parar, quase caindo da mesa, mensagens chegando a cada quatro segundos. Acabei de abrir a caixa de entrada: vinte e seis mensagens não lidas.

> Parabéns!

> A parte da morte era brincadeira, certo?

15h10 Aaaah! Campainha.

15h16 Era um buquê de flores gigante em nome do *Sit Up Britain*.

> Aaaaah! Campainha de novo.

15h30 É um coelho de pelúcia gigante da Miranda com um bilhete dizendo: "É bonitinho, é fofo e eu vou cozinhar na panela!".

> Certo. Calma. Vou mandar outro e-mail explicando tudo.

E talvez mandar as flores de volta com um bilhete de desculpas. E o coelho também. Apesar de ser bonitinho e não merecer ir para a panela.

15h35 Puxa, seria bom que o telefone parasse de tocar.

> De: Bridget Jones
> Assunto: Ignorar mensagem anterior
> Pessoal, me desculpem, mas ainda não tive o bebê. Fiquem tranquilos, vou avisar todo mundo quando ele chegar!

15h45 Mensagem enviada.

15h46 Mas e agora? Como vai ser quando o bebê nascer de verdade? Será que vai ser que nem em *Pedro e o lobo* e ninguém vai acreditar?

PARTE 17

A chegada

SEXTA-FEIRA, 23 DE MARÇO

18h. Em casa Eba! Mark voltou do trabalho.

"Deus do céu, essas escadas", ele resmungou ao entrar, com a gravata já frouxa, a camisa quase para fora, todo relaxado e gostoso. "Desculpe o atraso, querida." Mark me deu um beijo. "A cidade está parada. Tive de largar o carro no meio do caminho e pegar o metrô. O que era aquela história com o e-mail que você tentou me explicar?"

Envergonhada, mostrei a mensagem desastrosa.

Adoro como Mark tem uma solução rápida para tudo — inclusive para coisas que me preocupam durante dias. Ele simplesmente faz uma avaliação rápida da importância do assunto, calcula quanto tempo vai levar para resolver e põe a mão na massa.

"Foi engraçado", ele falou. "Você já corrigiu o erro. Não pense mais nisso. O que são todas essas malas?"

"Minhas coisas da maternidade!", respondi, orgulhosa.

"Certo", disse Mark. "Eu estava pensando, como tem a questão da escada e tudo mais, talvez seja melhor dar uma reduzida, não?"

"Aaaaaaaaaaaaaaaaaai!" De repente, a pior cãibra/ contração/ dor que senti na vida tomou conta de mim. "Aaaaaaaaaa-aaaaaaaaaaiiiiiiiiiiiiiiii!"

"Certo, humm, muito bem. Ah, é. Dispensei o carro e o motorista. E o seu carro?"

"Deixei na Magda", respondi, em pânico.

"Bridget. Não precisa entrar em pânico. Vou pedir um táxi. Você precisa se acalmar, ou..."

"Aaaaaaaaaaaaaai!"

"Ai, meu Deus. Ai, meu Deus", disse Mark. "Só se passaram dois minutos desde a última contração. Você vai dar à luz no carro!"

"Não precisa entrar em pânico. Aaaai!"

O telefone dele tocou. Mark olhou fixamente para a tela.

"Maldito trabalho!", ele gritou de repente, jogando o aparelho pela janela.

"Nãããããão!", berrei, vendo o telefone despencar três andares.

Nós nos encaramos com os olhos arregalados.

"Use meu telefone", falei.

"Certo, certo", disse Mark. "Onde está?"

"Não sei!"

"Sente um pouco, respire fundo." Ele encontrou meu celular, soltou um grunhido quando a ligação caiu na caixa de mensagens e pôs o aparelho no viva-voz.

"Todos os nossos carros estão ocupados, e o tempo de espera está excepcionalmente longo por causa da alta demanda."

"Uma ambulância?" Mark discou rapidamente. "Eu entendo, muito bem. A cidade está inteira travada", ele falou, desligando o telefone bem no momento em que tive mais uma contração. "Só estão atendendo emergências. Pelo jeito trabalho de parto não é uma emergência."

"Como não?", gritei. "Estou prestes a expelir um avestruz do corpo. Puta merda! Você pode pegar os picolés no freezer?"

"Vou escrever para todo mundo", disse Mark, mexendo no congelador. "Deve ter alguém aqui perto."

"Vamos descer e tentar pegar um táxi", falei.

"Precisamos mesmo de tudo isso?"

"Sim! Sim! Eu preciso das bolas de tênis e dos picolés."

Mark foi meio me arrastando meio me carregando para a rua, e em seguida voltou para pegar as quatro malas. O trânsito estava mesmo complicado: ônibus e caminhões parados, buzinas e muita fumaça. Por algum milagre da dimensão da imaculada concepção, um táxi livre virou a esquina. Mark praticamente se atirou sobre o capô.

"Vão para onde?", perguntou o motorista enquanto Mark punha as coisas no porta-malas.

"Aaaaaai!", gritei, deixando o homem apavorado.

"Você não vai dar à luz dentro do táxi, né?"

"Toma", disse Mark, me entregando um picolé. "Aliás, a rainha acabou de chegar ao auditório de Grafton Underwood."

"Isso não é um picolé", reclamei. "É uma linguiça congelada!"

Depois de vinte minutos ouvindo o taxista reclamar sobre o trabalho que daria para limpar o carro, só tínhamos avançado quinhentos metros, e as contrações vinham com intervalos de trinta segundos.

"Muito bem. Não vai ter jeito. Precisamos ir andando", disse Mark.

"Ótimo, grande ideia. Se é isso que o senhor quer, fique à vontade", disse o taxista, já me tirando do carro.

"E as minhas coisas?", gritei.

"Que se danem as coisas", respondeu Mark, largando as quatro malas em uma banca de jornal e entregando ao atônito jornaleiro uma nota de vinte libras. "Eu carrego você!"

Ele me pegou no colo, parecendo Richard Gere em *A força do destino*, a não ser pelo fato de suas pernas terem cedido com o peso.

"Deus do céu, você está enorme."

O telefone tocou.

"Espere, vou pôr você no chão um pouco. Cleaver! — Ele acabou de sair correndo de casa... — Estou carregando Bridget! Na esquina da Newcomen Street com a A3."

Fomos nos arrastando pela rua, os dois grunhindo de dor. Mark parava o tempo todo para me pôr no chão e alongar as costas.

Então Daniel apareceu, correndo, vermelho e ofegando.

"Cleaver", disse Mark, "deve ser a única vez na minha vida que estou contente por ver você."

"Muito bem. Podem relaxar. Estou no comando agora. Pegue os pés que eu pego a cabeça", ele falou, ofegando como se estivesse prestes a ter um infarto.

"Não, eu pego a cabeça", contestou Mark.

"Não. A ideia foi minha, então..."

"Vocês querem parar de brigaaaaaaaar?", falei, mordendo com força a mão do Mark. Depois disso eles me soltaram e resolveram só me amparar.

Por fim, chegamos os três com passos trôpegos ao pronto-socorro e ficamos presos na porta giratória.

Quando finalmente conseguimos entrar, Daniel e Mark me carregaram como um saco de batatas até a recepção e me largaram na cadeira.

"Quem é o pai?", perguntou a recepcionista.

"Eu", disse Daniel.

"Não, *eu*", retrucou Mark, e nesse momento a dra. Rawlings entrou pela porta, empurrando uma cadeira de rodas.

"Os dois são", ela decretou, e eles me puseram na cadeira.

Não foi assim que imaginei que seria, pensei mais uma vez em meio à minha lamentável saga.

PARTE 18

Você apareceu!

21h. Sala de parto "Aqui está, um menininho perfeito e lindo." Notei que a dra. Rawlings enxugava uma lágrima quando entregou você para mim. "Nunca pensei que esse dia chegaria", ela falou com a voz embargada.

E lá estava você, nos meus braços, com a pele colada à minha, e não como um peru entalado na minha barriga, mas como uma pessoinha. Agitando as mãos em miniatura, tentando se comunicar comigo: miúdo, perfeito, fofo. Você me olhou bem nos olhos, e a primeira coisa que fiz foi esfregar meu nariz no seu.

"Oi, querido", eu disse, com os olhos cheios de lágrimas. "Oi, meu bem. Sou sua mãe. Nós conseguimos."

Olhei para Mark e Daniel e vi que os dois também estavam às lágrimas.

"Isso foi muito emocionante", soltou Daniel, segurando o braço do Mark.

"É", Mark conseguiu falar. "Você pode me largar?"

"Ah, pelo amor de Deus, tratem de se recompor", esbravejou a dra. Rawlings. "Onde já se viu tanto drama?"

A porta abriu de repente.

"Bridget", gritou minha mãe, tirando todo mundo do caminho. "Sabia que eu estava sentada ao lado de sua majestade quando recebi a ligação? Vim correndo para cá. Obviamente, certas coisas são mais importantes que a rainha, mas, por outro lado..."

"Pamela", disse meu pai. "Veja. É seu netinho."

"Ah", ela falou. "Ai, que lindo. Meu menininho."

Entreguei você para ela, que se desmanchou toda.

"Ah, Bridget. Ele é perfeito."

Foi a coisa mais linda. Então mamãe falou: "Podemos tirar uma foto e mandar para a rainha?".

Miranda apareceu com uma garrafa de bebida, seguida por um sorridente Richard Finch. "Bridget Jones. Que orgulho de você." Ele me olhou por um instante, parecendo preocupado. "Ah, graças a Deus, os peitões ainda estão aí."

Todo mundo apareceu. Tom e Shazzer abraçavam qualquer um que viam pela frente. Jeremy ficou todo sentimental com Magda e a abraçou. "Desculpe, querida. Vai ser tudo diferente a partir de agora. Foram tantos bebês. Tantos anos."

"Você ainda vai dormir no sofá", ela disse.

Então a porta se abriu de novo, e Mark e Daniel voltaram, com a expressão apreensiva.

Todos olharam para eles. "E então?"

"Vamos ter que esperar", avisou Mark. Daniel segurou a mão dele, que não se opôs. Os dois se sentaram, de mãos dadas.

"E o vencedor é...", disse a dra. Rawlings, aparecendo porta adentro. "Posso anunciar na frente de todo mundo ou preferem ficar sozinhos? É divertido, não? Parece a final do *X Factor*."

"Acho que todos aqui são família, não é?", falei para Mark e Daniel. Eles concordaram com a cabeça, ansiosos.

"Muito bem, então. O pai do bebê de Bridget Jones é ninguém menos que..."

E enfim...

"Mark Darcy!"

"Ah, graças a Deus", disse Daniel quando entreguei você ao seu pai. "Quer dizer, não se ofenda, Jones", ele acrescentou às pressas ao ver a cara que fiz. "Ele é uma graça, claro. Mas conheço minhas limitações. Venceu o melhor!"

Mark ficou olhando para você, quase explodindo de amor e orgulho. "Quer perguntar agora?", ele murmurou.

"Daniel", falei. "Você gostaria de ser o padrinho?"

"Bom, isso é, hã, absolutamente..." Por um momento, ele ficou comovido, mas logo se recompôs. "É uma oferta muito corajosa e generosa. Sim, obrigado", respondeu. "E, como meu afilhado é um menino, vocês não precisam ficar com medo de que eu tente transar com ele daqui a uns vinte anos."

"Muito bem. Já chega. Todo mundo para fora", disse a dra. Rawlings. "Vamos deixar a mamãe e o papai finalmente terem um tempo a sós com o bebê."

"Dra. Rawlings", falou Daniel enquanto todo mundo se retirava. "Sou obrigado a dizer que nunca vi alguém ficar tão sexy de jaleco."

"Você é fogo", ela respondeu com uma risadinha.

"Espera", eu falei quando meu pai chegou à porta. "Você ainda não segurou o bebê."

O novo vovô acariciou de leve seu rostinho.

"Ops, melhor não deixar a cabecinha tombar", ele falou quando Mark entregou você, todo sem jeito. Então o papai (o meu papai) olhou nos seus olhos.

"Cuide bem dele", meu pai falou para Mark com a voz rouca. "E dela."

"Sr. Jones. Se eu conseguir chegar pelo menos perto do pai que o senhor é para Bridget, então vou ser..."

"*Ele* vai ser o bebê mais sortudo do mundo", disse meu pai.

Nesse momento você agitou a mãozinha, acertou um botão no monitor e derrubou um copo, que se espatifou e sujou o lugar todo de suco. As luzes no aparelho começaram a piscar e a máquina emitiu uma sirene tão alta que parecia que um ataque aéreo estava a caminho.

A dra. Rawlings voltou correndo para a sala de parto, em pânico, com todo mundo a reboque.

"Tal mãe, tal filho", gritou Mark por cima do falatório. "Bridget?"

"Quê?"

"Quer casar comigo?"

"Jones?", gritou Daniel, lançando um olhar conspiratório para Mark. "Será que uma última transa estaria fora de questão?"

"Sim!", berrei para os dois, feliz, encantada e perplexa.

E foi assim que eu virei sua mãe.

Agradecimentos

Gillon Aitken, Clare Alexander, Sunetra Atkinson, Helen Atkinson-Wood, María Benítez, Grazina Bilunskiene, Helena Bonham Carter, Charlotte e Alain de Botton, Richard Cable, Susan Campos, Liza Chasin, Richard Coles, Rachel Cugnoni, Dash e Romy Curran, Kevin Curran, Richard Curtis, Scarlett Curtis, Patrick Dempsey, Paul Feig, Eric Fellner, família Fielding, Colin Firth, Carrie Fisher, Piers e Paula Fletcher, Stephen Frears, Jules Gishen, Amelia Granger, Hugh Grant, Simon Green, Debra Hayward, Susanna Hoffs, Jimmy Horowitz, Jenny Jackson, Simon Kelner, Charlie Leadbeater, Tracey MacLeod, Marianne Maddalene, Sharon Maguire, Murillo Martins, Karon Maskill, Dan Mazer, Sonny Mehta, Maile Meloy, Leah Middleton, Abi Morgan, David Nicholls, Catherine Olim, Imogen Pelham, Sally Riley, Renata Rokicki, Mike Rudell, Darryl Samaraweera, Tim Samuels, Emma Thompson, Patricia Toro Quintero, Daniel Wood, Renée Zellweger.

Com um agradecimento especial a Brian Siberell.

ESTE LIVRO FOI COMPOSTO PELA VERBA EDITORIAL NAS FONTES
UTOPIA E HAND OF SEAN E IMPRESSO PELA GEOGRÁFICA
SOBRE PAPEL PÓLEN SOFT DA SUZANO PAPEL E CELULOSE
PARA A EDITORA SCHWARCZ EM OUTUBRO DE 2016

A marca FSC© é a garantia de que a madeira utilizada na fabricação do papel deste livro provém de florestas que foram gerenciadas de maneira ambientalmente correta, socialmente justa e economicamente viável, além de outras fontes de origem controlada.